BBC
DOCTOR WHO
The Blood Cell
血囚房

(英)詹姆斯·戈斯／著
萧傲然／译

新星出版社　NEW STAR PRESS

DOCTOR WHO: The Blood Cell by James Goss
Copyright © 2014 James Goss
This edition arranged with Ebury Publishing
through Big Apple Agency, Inc., Labuan, Malaysia.
Simplified Chinese edition copyright:
2018 Chengdu Eight Light Minutes Culture Communication Co.,Ltd.
All rights reserved.

图书在版编目（CIP）数据

血囚房／（英）詹姆斯·戈斯著；萧傲然译. —北京：新星出版社，2018.4
ISBN 978-7-5133-2606-3

Ⅰ.①血… Ⅱ.①詹… ②萧… Ⅲ.①科学幻想小说－英国－现代 Ⅳ.①I561.45

中国版本图书馆 CIP 数据核字(2017)第 297740 号

血囚房

（英）詹姆斯·戈斯 著；萧傲然 译

责任编辑： 汪 欣
特约编辑： 姚 雪 朱明逸
责任印制： 李珊珊
装帧设计： 付 莉

出版发行： 新星出版社
出 版 人： 马汝军
社　　址： 北京市西城区车公庄大街丙 3 号楼100044
网　　址： www.newstarpress.com
电　　话： 010-88310888
传　　真： 010-65270449
法律顾问： 北京市大成律师事务所

读者服务： 010-88310811service@newstarpress.com
邮购地址： 北京市西城区车公庄大街丙 3 号楼100044

印　　刷： 北京利丰雅高长城印刷有限公司
开　　本： 910mm×1230mm　　1/32
印　　张： 8
字　　数： 100千字
版　　次： 2018年4月第一版　2018年4月第一次印刷
书　　号： ISBN 978-7-5133-2606-3
定　　价： 36.00元

版权专用，侵权必究；如有质量问题，请与印刷厂联系更换。

献给保罗·斯普拉格[1]

他深深地爱着《神秘博士》

《神秘博士》同样也深爱着他

感谢安妮·莫尔关于罪恶的建议

同样感谢艾尔莎·斯莱登

感谢你的陪伴

---

1. 保罗·斯普拉格（1975.12.29-2014.5.8），英国广播剧发行公司"大结局"（Big Finish）的制片助理，该公司曾发行多部《神秘博士》的广播剧和有声书。本书写作过程中，保罗逝世。

1

"你知道我是谁吗?"我说。

你首先要明白一点,犯人们的陈述不会道明他们的所作所为,揭露其罪行的往往是他们的沉默。

男人一言不发。

"你知道我是谁吗?"我重复道。

坐在桌子对面的男人对我怒目而视,"你自以为是什么人我心里清楚!"他冲我吼道。

我把属于他的物品托盘推向他,里头各式各样的小物件滚来滚去,叮当作响,在一堆废旧报纸中闪闪发亮。男人的眼睛像猫一样紧盯着托盘。

"这些东西是你的?"我对他说。他点点头。看得出,他急不可耐地想要拿回去。有个人物品的人全都是这副模样。就我而言,我对这类东西毫无兴趣,但总有人喜欢将自己的口袋和人生塞满回忆,即便他们的物品除了自己以外,对其他人来说一钱不值。我没有任何类似的东西,至少现在没有。

我朝本特利点点头，她立刻心领神会地穿过办公室，从我手中接过了托盘。

"这是428号犯人的私人物品。"我告诉她。她略微弯了弯自己僵硬的脖子。本特利有两大特点——僵硬和乖戾，就像是柠檬蛋白酥。突如其来的荒唐联想把我给逗乐了，不由自主地笑了出来。不管我怎么尽力，就是没法和守卫长本特利好好相处。无论我做什么，在她看来总是不够好。不过她还是有她的用处的，而且我也清楚，她希望我能再严苛一点儿。我这次过来，主要是为了和428号犯人谈谈正事。

我示意本特利将托盘拿走。"现在由我接管428号犯人的私人物品。"她说得挺正式，根本无意转变措辞来缓和一下语气。本特利就是这样的人，说话干巴巴的，跟本说明书似的，但也和说明书一样毫无纰漏。无论是她的制服、鞋子、发型，还是其他，一概井井有条，透露着一股冷峻。

"很好，本特利。"我朝她颔首示意，"注意，确保送它们入库的路上出点意外，好吗？"

428号犯人立即站起身来，大声斥责我不明白状况，诸如此类。这个错误的举动立刻引发了回应，一个狱警机器人在检测到他的反抗行为后，猛地从墙上飞出，用爪子钳住了犯人的肩膀。说句公道话，428号犯人并没有痛呼出声，他只是脸上肌肉一抽，愤怒地转向机器人，"放开我！"他吼道。

然而狱警无动于衷。这些机器人连脸都没有，就是一个纯粹的坚硬圆柱体，上面装载着各式各样的尖锐附肢。人们早就不对狱警机器人大喊大叫了，因为根本无济于事。大部分狱警机器人缺少语音处理器，所以也无法回复。它们完全就是一块块冰冷的铁，即便它们在伤害你，也不会有丝毫的反应——简直跟我的第一任女友一模一样，不过那是很久以前的事了。

428号犯人大声呵斥着狱警，想要挣脱开来，真是愚蠢透顶。狱警施行的是经过批准的安全钳制措施，你挣扎得越厉害，它们就钳得越紧。此刻，428号犯人想必十分痛苦，他一脸的怒不可遏，被铐住的双手使劲地挥舞着，像要赶走一只嗡嗡叫的苍蝇般驱赶着自己的疼痛。

"那些东西很重要，伙计，你看一眼就知道了。"他一边说着，一边直勾勾地盯着我。真是怪了，监狱里没人敢直视我的眼睛，就连本特利也会回避（她当然是获得允许这么做的）。

"我早就检查过你的东西了。"我告诉428号犯人，故意在语气中露出一丝不耐烦，"一文不值，无非就是些小玩意儿和废纸片罢了。"

我从本特利端着的托盘里取出一件小小的、像是一支钢笔的物品，拿着它往自己的牙齿上敲了敲，然后微笑地看着428号犯人，享受着这一瞬间的对视。他显然已经愤怒到了极点。

"废纸片？你根本什么都没有看！"428号犯人怒吼道，

"先让这家伙放开我!别像个白痴似的,我们好好谈谈,怎么样?"

本特利眼神闪烁。我猜就连狱警都有些瑟缩——从没有人敢这样和我说话。

像是察觉到了这阵尴尬的沉默,428号犯人马上四处环顾了一下,然后厉声问道:"又怎么了?"

"你想让我读读这些文件,是吗?"我问他,一边向本特利递上来的托盘伸出手。

"读吧。"428号恶狠狠地说,"我不想和蠢货周旋。随便拿起一张读读吧,给大家都节省点时间。"

气氛又僵住了。我随即拾起一张标题是母星系上发生动乱的报纸碎片,用食指和拇指捏着纸张晃了晃,然后微笑着松开手,让它自由落体,掉落回托盘。

"你必须称呼我为'长官'!"我的语气严厉起来,话里蕴含的怒意连我自己都觉得惊讶。

他仍然目不转睛地瞪着我。也许他的脸上怒潮汹涌,但他的双眼却湛蓝无比,就连他的无理冒犯都是如此令人耳目一新。许多人在面对我这样位高权重的人时都会不大自在,而428号犯人很明显是个例外。所以我准备好好享受享受这种难得的际遇,就一会儿。

"别犯傻了,长官。"他几乎挤出了一个甜蜜的笑容,"读读这些文件吧，然后我们就都能回家了。"

我打了个响指，狱警松开他，缩回到壁龛里。428号犯人想要揉揉自己的肩膀，无奈戴着手铐，只能改用拳头捶捶。

"知道吗？"428号若有所思，"这种按摩方式相当提神呐。给这种手法取个好名字，你就能在保健俱乐部里赚个盆满钵满。要我说，也不用费神想名字了，就叫'尊巴[1]'吧。"

发表完这番令人费解的言辞之后，他像只落水狗似的抖了抖身子，坐回到椅子上，然后伸开腿，把铐着脚链的一条腿搁到另一条腿上。接着，他的脸努力做出一副正在忏悔的谦卑表情。

"瞧见了吗？我正努力给您留下点儿好印象，长官。"他几乎有些讨好地对我说道。

"为时已晚。"我回答。

"好吧，我就知道。"428号犯人点点头，"说实在的，和人打交道我从来都是尽心尽力，结果从没有人认真听我在说什么，真是莫大的遗憾。长官，不知道您是怎么想的，反正我觉得，要是哪天能早点儿收工，美美地看上几集《呼叫助产士》[2]，惬意地过上一晚，倒是个不错的主意。你们这里也能看到这个节目吗，长官？"

---

1. 一种由舞蹈演变而来的健身方式，融合了桑巴、恰恰、探戈、弗拉门戈等多种南美舞蹈形式。
2. 《呼叫助产士》（Call the Midwife）是BBC出品的一部著名电视剧。

"不能。"我告诉他。但不知为何,我居然有了点笑意,费了不少劲儿我才把这丝笑意压下去。

"真遗憾。"他叹了口气,"这个节目可有意思了,讲的是小宝宝和自行车,恰巧这两样东西我都喜欢,要是现实生活也能这么轻松简单就好了,对吧?"

我咳嗽了一声。

"……长官?"他恭敬地补充道,抬头看了看我,眼神活像一只满是期待的小狗。"瞧见没?咱们相处得越来越好了,对吧,长官?我没指望能够说服您把我的宝贝还给我,您能吗?不过就宝贝程度而言,它们真的是无价之宝。"他说完停顿了一下,"长官。"

我笑着摇了摇头。

"再给我最后一次机会。"他说,"看一下我托盘里的纸,看完您就明白了。"

我有点犹豫了。

428号鼓励地冲我点了点头。

然后我打了个响指。

本特利毫不在意地打开了焚化炉的一个盖子,将盘子里的东西丁零当啷倒了进去。428号犯人一开始似乎想要抗议,但他最终只是盯着东西消失在焚化炉里,然后陷入了彻底的沉默。"好吧,真是遗憾。本来可以节省很多时间的。"

随着本特利关上盖子,一股热浪扑面而来,她随即转过身子对我说:"很遗憾地通知您,长官,428号犯人的私人物品在入库的途中丢失了。"

"失职啊,本特利,严重失职!"我不耐烦地啧啧道。

她点点头,似乎在深思我对她的谴责,随后僵硬地向我鞠了一躬,离开了。我可能不怎么喜欢本特利,本特利可能也不怎么喜欢我,但我们两人各自行事的方式都非常高效。本特利的方式显然更加死板——她方方面面都是如此。不过,本特利每一次都能搞定所有的事,向来如此。

与本特利的做派相反,428号犯人此时正懒洋洋地瘫在一张金属椅子上,扭着身子想要找一个舒服的姿势。

"428号犯人,我们刚才谈到哪儿了?"我靠在椅子上,尽情地享用着软和的椅背,这真是相当奢侈的享受。无须多言,428号犯人的椅子不过是一块用螺栓固定在地面上的金属板而已。

"你刚刚在问我,长官……"428号没精打采地说道——难道这是他准备缴械投降的第一丝迹象?"问我知不知道你是谁,而我则就个体身份的本质提出了一个别有深意的质疑,相当于升华了你的问题。"他耸耸肩,"我当然知道,长官。"

"那我再重复一遍问题。428号犯人,你知道我是谁吗?"

428号犯人的态度一度多变,他时而乖戾愤怒,时而粗鲁莽撞,刚刚又很友善亲切。而如今,他打了个大哈欠,"是的,长官。你无非是想让我告诉你,这里是位于深空中某颗小行星上的某座监狱,而你则是这座监狱的典狱长。"

"很好,428号。"我满意地说道,"不过,这里并不仅仅是一座普普通通的监狱。这座监狱独一无二,只有罪大恶极的罪犯才会被送到这里来。而根据可靠的消息,你是其中最为罪不可赦的那个——"

"实话告诉你,我是无辜的。"428号闪过一阵怒意。

"我知道,这里所有的囚犯都声称自己是无辜的。"我啧啧道,"请不要再打断我说话,否则我就叫狱警动手了。我刚刚说到,你是本区最为罪不可赦的罪犯之一,反抗母星系政府,犯下了滔天的罪行。不过,"我尽量让自己显得和428号一样随意,"我得告诉你——我对你的犯罪细节丝毫不感兴趣,过去的就让它过去吧。只要你待在这里,就归我管。我将这里的所有犯人都当作朋友,我希望对你也是如此。怎么样,428号?"我身子向前倾了倾,对他笑道。

428号思考了片刻,"我不大习惯管朋友叫'长官'。"

"就为我破个例吧,我的好伙计。"我告诉他说,"你麻烦很大,428号,而且——"

"对了,能不能别用数字称呼我?"428号犯人突然打断了我,"我的名字是博士。"

"听着就像是个罪犯的化名。另外,这里不允许称呼犯人名字。"

"这样行不行?既然我们是朋友,不如各自为对方破个例,怎么样?"

有时候为了获得理想的结果,对某些条例睁一只眼闭一只眼也未尝不可。我很庆幸本特利没有在现场目睹这一切,否则她绝对不会同意的。

"那么好吧,博士。"我在脸上堆起亲切的笑容,"你知道为什么要把你带到这儿来吗?"

428号想了想,"是不是跟越狱有关?"

"回答正确!非常好,428号,正是和越狱有关。你是新来的,还有很多东西要学。比如,你是绝不可能从这座监狱里逃出去的。即便你还能一次次地从牢房里逃走,还要过狱警这一关,然后是本特利守卫这一关,另外还有高墙、围栏、外围防御工事。最后,还得穿越遥远的太空才能回家。我不知道你被送过来的时候有没有看到外头的情形,我们位于本星系最边缘的一颗小行星上。我们只有几艘补给飞船。根本没有办法逃出去,可你却一直不停地想要越狱。"

"是这样,没错。"428号温和地点点头,"就当成我偶尔想要度个假吧。"

"有些犯人会编篮子,这可以让他们保持心态平和。"

"我可没时间去做什么手艺活儿。"428号低声抱怨道,"我就继续越狱吧,反正对你而言都是一样的。"

"当然是一样的,随便你。"我十分大度地挥了挥手,然后又伸过去拍了拍他的肩膀。我很愉悦地注意到他的脸哆嗦了一下——显然他的肩膀还在痛。"想逃的话就尽管逃吧,朋友。我非常信任我的团队,我敢说他们也都想要多操练几次。真是要感谢你,要不然他们防越狱的本领只怕要生疏了。"

"我的确尽力而为了。"428号犯人居然有些得意。

我心里想象着将他塞进焚化炉里的场景,但脸上仍然笑容满面。"没事,每个人都有自己的爱好嘛。"我站起身,示意他可以走了。"跑步——走!428号,回你的牢房,继续享受你的越狱之旅吧。"

"你就是不明白。"博士——也就是428号——没有动弹。

"你说什么?"

"你就是不明白,长官。"428号犯人重复道,"我这么多次越狱的目的只有一个:为了见到你。"

"是吗?"我停了一下,想听428号多说几句他的打算。"你想要见我?"我玩味地倾身向前。

"是的。"他说。

"好吧。我很高兴帮助你解锁了这项特殊的成就。"我满意地点点头,"接下来的话,试着学一门语言怎么样?"我大笑道,同时对狱警机器人一挥手,"带他回牢房。"

"别走,蠢货……长官!"博士起身探过桌面,眼睛直勾勾地盯着我大声嚷着。而此时狱警已经从墙上冲出来,用带电的触手将他层层裹住。"我必须见到你!"他愤怒地大喊,完全不顾身上的疼痛,"我必须要警告你!你根本不知道这里发生了什么,对不对?你必须听我说,否则这里会血流成河!"

2

我定下规矩，绝不去了解犯人的过去。毕竟所有的人都有些见不得光的秘密，不是吗？而且我也会尽量信守承诺。所以，当我对428号犯人说我当他是朋友，也不在乎他犯了什么罪的时候，我是真心的。

即便如此，428号犯人依旧我行我素。新来的都这样。这座监狱并非寻常之地，很是要花些时间才能适应。我还记得，自己第一次透过飞船舷窗看到这座监狱时的心情，当时本就已经十分低落的情绪，更是直接掉进靴子里，藏到了袜子下面。其实我早就知道这座监狱是什么样儿——毕竟在上一份工作中，我就参与了监狱的早期规划。然而，在我们向来瑰丽绚烂的星际版图上，我却参与建设了这样一个完全被灰暗和冰冷笼罩的所在，想来实在让人心惊。闪烁着寒光的反重力带和外围防御工事在这片黑暗中堪堪投下几缕光，似乎给灰蒙蒙的地表点缀上了些许颜色，你也许会看到大地一片深邃的紫色，甚至微微泛出靛蓝的色调。

但事实上，这颗小行星就只是一块硬度可嘉的石头罢了，硕大、阴森、暗黑、吞噬一切。我们挑选了这颗最不受待见的星球，将最不受待见的人关在里面，然后将他们一概抛诸脑后。

随着飞船的靠近，我发觉自己突然像个小学生一样胡思乱想起来，满脑子都在想着如何逃离这个地方——如果是自己被关在了这里该怎么办？该怎么从牢房里逃出来？怎样才能离开这颗小行星？一时间我完全沉溺在了这些疯狂的想象之中，不能自已。不过，随着窗外的巨石渐渐迫近，我心里那些孩子气的想法也逐渐冷却下来，直至消失。自那以后，我就不再是从前的我了。

说实在的，这座监狱中设置的诸多安保系统大多并没有什么意义，因为任何人都不可能从这里成功越狱。这里就连飞船都不会直接着陆，而是利用一架单程的运输机穿越防护阵列，将补给与犯人直接运送到接收区。我并不是说没有人越过狱，但没一个有好下场的——唯一逃离这里的方法就是死亡。最终，所有人都会意识到这一点。自此之后，我和犯人们就能相安无事了。

但是，这位更愿意被称为博士的428号犯人会怎么样呢？我们该怎么处置他？此前，我见过不少像他这样的人。这种人喜欢长篇大论、大声疾呼，私下则鬼鬼祟祟地组织反抗团体，慢慢地明目张胆起来。之后，他们会变得更加惹人厌烦、煽动叛乱、蓄意斗殴，可能还会秘密传阅地下刊物，甚至发动几次大规模的越狱行动。最终，受伤不可避免（犯人一方），而他们的支持者也会慢慢远去，只留下他们自己孤立无援，处境甚至比刚来的时候还要悲惨。

当然了，出于人道方面的考虑，我不想让428号也经历这一切。无论他是否愿意将我视作他的朋友，我都已经把他视作了朋友。也正因为如此，我决定违背自己的承诺，对他的过往探究一番。当然了，我这么做完全是为了他好。

我呼叫本特利。她很快就来了，仍然是一副毫无瑕疵的僵硬表情。

"刚才的事儿挺有意思，你觉得呢，本特利？"我问。

"您说是自然就是，长官。"本特利语气冰冷，但嘴角微微一撇。她总是用这副似笑非笑的神情嘲弄我。事实上，我只见她笑过一次，那是由于某起结局特别惨烈的越狱事件。可怜的玛丽安。说心里话，本特利不笑其实值得庆幸。

"要不要一起喝个茶？"

本特利微微低头表示同意，"遵命。"

"这可不是命令，只是朋友间的礼仪而已。"其实我们并不是朋友，假装成朋友也不是什么聪明之举，但我依旧乐此不疲。她的确是我的部下，可她对我的态度也就比对待犯人好那么一点点。无论我做什么，无论我的话是否占理、态度是否严厉、讲得是否缜密，她总是会从头到尾地打量我，好像我的制服沾上了什么果酱似的。我也不明白自己为什么要邀请她喝茶，真是愚蠢。可既然已经邀请了，我就不得不继续周旋下去。自我强迫了一番,我冲她笑笑——话说回来,无非就是同事之间喝个茶嘛。一个狱警机器人将茶端了过来,我们两人就做出一副陶醉于香茗的姿态。其实茶的味道还行,不过千万别去追问茶叶的出处,或是水的来源。

本特利坐到了我对面的金属椅子上。她似乎是唯一一个坐在这坨铁上而不会感到不舒服的人。她在等我开口说话。

"我觉得这个'博士'会给我们带来不少麻烦。你认为呢?"

她点点头,"你打算直接称呼428号的名字?"

我很看得开,"这种大度我们还是可以有的。而且,我觉得他在这儿待不了太久。"

本特利差点儿要盯上我的眼睛,"是不是需要我安排一下……"

"不,不用!"我赶紧否定了她,"我的意思是,咱们以前也遇到过像他这样的人,这种人一般都没什么好下场,不是吗?"

本特利认真思考了片刻我这没头没脑的话,"112号还待在第6层。"

我花了好一会儿才回忆起这个编号。"哦。"她指的是玛丽安·格洛伯斯。可怜的玛丽安,可怜的112号,我亲爱的朋友。

"嗯,是的。"我们俩同时陷入了沉默。"你竟然还记得她,本特利。我都快要忘记了，真的。我对她的记忆已经所剩无几了。当然，她自己的身体也没剩下多少了。"我装出一副轻松口吻。事实上，每每想到可怜的112号如今是什么模样，都会让我不舒服。"她现在怎么样了？"

本特利一时竟有些支吾，"我有段时间没亲自去察看她的情况了。不过，第6层的狱警也没有报告任何岔子，无论是112号的个人状况，还是她的止痛情况。"

可怜的玛丽安。我们太久没想起她了。第6层比较空，她平时肯定连人类守卫都见不到。哎，这个小可怜。"我得找时间亲自去看看她。"虽然我一点都不想去。

"确实。"本特利低着头，欣喜地发现我并没有指责她。

"没事的。"我宽慰她道，"你还要监管监狱方方面面的事务，不可能面面俱到。这事儿就由我来负责吧。我夫人曾经告诉我一句来自老地球的俗语：'小事谨慎，大事自成。'"

本特利微微抬了抬下巴，似乎有了点兴趣，"这句话是什么意思，典狱长？"

"我也不是很明白。不过她还跟我说过：'别为琐事费牛劲儿。'这些古语都有点问题，听起来总是前后矛盾、含糊难懂。"

"就好像428号犯人吗？"本特利开了个她所谓的玩笑。

"没错。"我一咧嘴，急切地想要表现出被这句玩笑逗乐的样子,这样的对话方式正是我所期待的。"的确就像是博士,那个不同寻常的家伙。"说着,我向后靠去,享受着椅背上三十六个舒适囊提供的奢侈服务。"知道吗?我可不想再摊上112号犯人那样的情况了……或者说,像她那样化成一摊的情况了。"

"您想让我怎么做?"本特利等着我的指示。

"在这种情况下,我认为最好做到有备无患。所以我在考虑,要不要稍微看一下428号的档案。你觉得这样做明智吗?"

"您认为行就行,典狱长。"本特利依旧保持着中立,"我立马就安排,把他的档案用网络传过来。可能要一点时间。"

监狱里的通信慢得可怕。互通网卫星与母星系系统间的联络很不稳定。从前,大家对于互通网的使用都曾有所期待,比如看看画面稍有延迟的娱乐节目直播、浏览浏览新闻,和家人视频聊天之类。然而,监狱建成之后,我们才发现互通网的供应商简直是垃圾,即便是最简单的通信都慢得让人心烦意乱。因此,我们对于每一批新犯人都常常一无所知。娱乐节目通常是存储在老式硬盘中通过飞船运过来的(谁说晶体数据时代已经结束了?),我们接收到的外界信息也少得可怜,一般不是几句简短的文字公告,就是刻录在硬盘中的新闻摘要。一开始,与世隔绝显得格外难熬,不过现在,无论犯人还是守卫,早就已经习以为常了。在这里,我们都是一群隐士般的存在。

察觉到我没有其他吩咐,本特利站起身来,她杯子里的茶还只喝了一半。我挥手示意她坐下。"不用。"我对她说，"我用自己的终端也能调出档案。"我觉得，她时常把我当成一个毫无用处、跟不上时代的糟老头。我敲了敲电脑，让它从休眠中恢复过来，电脑的反应相当迟钝。这台终端的供应商和互通网的供应商是同一家，实在是糟糕透顶。桌面的图标缓缓地浮现在屏幕上，我随即点击"记录"图标，没反应，我又点击了一次。最终，我不得不放弃，接受了电脑已经死机的事实。

以前在家的时候，什么事儿我都会去问我的平板助手。而现在呢，一整天下来我可能都不会碰它一次。没办法，现实逼迫我只能依靠自己的脑子，对此我还是颇为自豪的，尤其是随之而来的自由度。话虽如此，如果系统能够好好运转，哪怕就一次，那也挺好的。

本特利站起身来，朝门口的方向走去。"要不然还是我帮你查吧。"她轻声说道。

看来她的确认为我已老朽。哎，管她呢。茶壶里还有一些茶，于是我又给自己斟了一杯。等本特利拿着从硬盘中拷贝出来的428号档案，我这杯茶都还没来得及喝完。于是我开始专心地一边查看资料，一边喝着剩下的茶。读了几页之后，我不再一字一句地仔细阅读，开始快速翻阅。然后我将文件推到一旁，感到一阵厌恶。

我拿起茶杯，里面的茶已经凉了。这同样让人难以接受。

我意识到房间里的本特利正注视着我，好奇地揣摩着我的反应。很多时候，她就像狱警机器人一样，安静、可靠而又冷酷无情。我从未告诉她这些。她当然是有情感的，我肯定，有某种类型的情感。她也许会因为我的话而受到伤害。

"您已经了解到博士的罪行了吗？"她问。

"是428号犯人。"我不容置疑地说道。从此他再也不配被称呼名字了。我又感到一阵厌恶，一脸反感地将文件推给本特利，"拿走吧。"

我重启了平板，登入428号牢房里的摄像头。他的牢房和其他所有犯人的房间一样，布置得十分简陋，要坐要躺都只有一块搁板，此外就只有一扇门。房间没有窗户，反正外面也没什么看头。只有守卫才有权利观看星星和太空，犯人们目之所及就只有墙和其他犯人。每间牢房的大小都是统一的，除了第6层的牢房稍小一些。尽管如此，428号的牢房仍然显得极为逼仄，仿佛他一个人就塞满了整个空间。

他在房间里来回踱步，用力拉扯着身上的橘黄色囚服，似乎想要将这件毫无款式的衣服扯成别的什么样子。橘黄色是犯人们能接触到的唯一颜色，由于放眼望去都是一片橘黄，他们对此便也不再留意了。

我像是着了魔似的盯着他。就是这个人，他曾经……我摇着头，他所犯下的罪行我甚至不愿去细想。我简直对他恨之入骨。身为典狱长，我本不该如此不专业，但我就是止不住恨他。

我不知道428号什么时候才会厌倦在牢房里踱步，所有犯人都会逐渐对此失去兴趣。在我小的时候，动物园还存在，而这群犯人正像极了动物园里的动物，不厌其烦地踩踏着囚笼里的地面，自以为终有一天能够踏平地板，磨断栏杆，但最终他们还是得接受自己永远不会成功的事实。

428号犯人显然还没有放弃，他也并没意识到自己永远逃不出这座监狱了。

我将镜头推到他的面部，想仔细探察他的犯罪基因。我和他差不多同龄，但是他那张毫无悔意的脸一直紧绷着，仿佛是在竭力隐藏着几辈子的疲倦与怒火。他看上去挺有威严，虽然算不上英俊，但十分让人难忘。一想到那些受害者最后看到的是这样一副嘴脸，我就不寒而栗。他们无法欣赏到落日，无法与伤感地笑着的亲友作别，眼前就只有这样一张好像濒死爆发的超新星一样怒气冲冲的面孔。我不由得发抖。

我暗暗发誓，无论如何，我一定要你为自己的罪行付出代价。

警报声将我从思绪中拉了回来，我差点在自己的思绪中越陷越深，这可不是什么好事。监狱里事务烦杂，即便一切顺利，作为典狱长也没有时间去白日做梦。

我又回头看了一眼屏幕上同步过来的牢房画面，却发现428号的眼神似乎穿过了摄像头，正直勾勾地盯着我。正是那双眼睛，不知道目睹过多少可怕的事情。

我赶忙掐断了信号，刺耳的警报声再次响了起来。

监狱里安装了很多警铃，通常只在出问题的时候才会响起那好似孤魂野鬼的号叫。而此时响起的，并不是那种声嘶力竭地预警"犯人越狱"的警报，但声音仍然相当刺耳。最近这种警报响得很是频繁。

本特利突然敲响办公室的门，走了进来。"系统故障。"她一字一顿，吐字清晰。这是我们都已知晓的情况，但依据《监狱管理守则》，必须有人专门通知典狱长。我点点头，站起身来。

我们快速走到控制站，狱警机器人在终端设备间静静地滑行工作着。屏幕上正显示出每一间牢房、每一条走道以及监狱里所有其他地方的画面。整颗小行星的巨型地图亮了起来。理论上讲，地图上应该同时标记出故障发生的位置，然而地图的部分区域却被一个个"更新中"的巨大图标所占据。真是巧了。

给监狱提供诊断系统的承包商是另一家，并不是互通网和平板电脑的承包商。据说这两家公司一直都不怎么合得来，但它们提供的设备却一样垃圾。

看着本特利在狱警中快速穿行，听着其他人类守卫的口头汇报，我不由得想，如果生活中所有事都像本特利一样高效就好了——也许可以再亲切点，就一点点。不过一旦危机来临，除了本特利，你别无所求。

事实上，我们能做的事儿很少。这类系统中断的情况正开始变得越来越频繁，而且找不出缘由。如果这次的情况跟往常一样的话，故障三五分钟就会自行解决，一切又将回到正轨。不过只要警报仍然在响，本特利和她的团队就必须确保核心系统不会受到影响。她已经派遣了几个狱警去检查故障的源头，到目前为止还没有任何反馈。不过，它们在处理这类紧急情况方面已经成了专家，正忙不迭地重新分配能源，要同时保证牢房门锁不会失效、隔离网能够正常运行，以及维持我们生存的环境系统依然稳定。有些时候，这种情况意味着我们的晚餐可能会有点夹生，人工重力也许会稍稍减弱，或者空气也会有些污浊。但迄今为止，我们还尚未因此付出重大的牺牲。

某一天深夜，本特利和我曾经共同起草了某些紧急情况的预案。或者这样讲比较准确，我提出方案，她在一旁倾听，然后说："请允许我指出……"接着，她就将我的方案全部推翻。总而言之，我们对紧急情况是有准备的，以免情况恶化，电力无法有效调动。起初，双方很难达成一致，最终，我们都同意如果系统故障时间达到七分钟，便不再等了，立即启用紧急预案。一只不断闪着红光的时钟正记录着系统故障的时间。

监狱地图上方仍然闪现着"更新中……更新中……"的图标,时钟显示已经过去了四分钟。本特利依然在无声而高效地处理手头的事务,狱警机器人也仍然继续在操控面板上滑动着触手,报告显示,系统故障还在蔓延,能源的调配却进展缓慢。

时钟显示已经过去了五分钟。我注意到人类守卫正紧张地彼此对望,恐慌的情绪显然已悄无声息地蔓延开来。大多数时候,我们不大会想起自己正身处深空中一块石头牢笼里的这样一个事实;加上系统运转正常,我们也常常会忘记自己脆弱的生存基础。但骤然响起的警报声打破了表面的平静,大家一下子都想到,如果能源系统彻底失效,一切就都完了。这里的氧气供应有限,即使我们发出了呼救信号,从母星系——哪怕是从最近的殖民行星立刻派出救援,在氧气消耗殆尽之前抵达的可能性也微乎其微。到那时,我们所有人,无论囚犯还是守卫,早就已经躺入了坟墓。

时钟目前显示过去了五分十五秒。恐慌现象初露端倪,我或许应该发表几句安慰或是激励大家的言论,或是故作镇定,去泡一杯茶之类。我当然不是真的想喝茶,只不过做做样子罢了——典狱长如此从容不迫,他都不怕,你们有什么可恐慌的?

时钟走到了五分二十九秒,一个令人生畏的新纪录。我发现本特利正看向我,想引起我的注意,但我依旧目视前方。在做出残酷的决定之前,还剩九十一秒的时间,不如充分享受这九十一秒。如果我们最终能活下来,启动紧急预案的决定会让我们这辈子都良心不安。

五分四十一秒,蓦地,监狱地图显示出"系统正常"的图标,警报停了下来,红光也消失了。

一时间,气氛安静得可怕,只能听到众人如释重负的呼吸声,空气中还冒出一阵恐慌催生出的汗味儿。

"干得不错,本特利。"我说,"处理得很好。"好像多亏了她,我们才解决掉危机似的。然而事实的真相却让人毛骨悚然,我们压根儿不知道哪里出了问题。

我的通信器开始闪烁,是从第7层打过来的。我不情愿地接通了信号,对面肯定是神棍。

神棍的那张胖脸几乎塞满了整个屏幕,他夸张地摇着头,下巴上的肥肉晃来晃去。

"哦,亲爱的,"他嘟囔道,"刚才可真险啊,对吧?"

我和本特利很少有共同点,但是有一点,我们都很厌恶神棍——他几乎从头到脚都让人看不惯。我们俩谁都没和神棍有过身体接触,却都本能地对他产生了排斥感。他总是手舞足蹈,每次通话时满屏幕都是他的手,好像在弹奏一块隐形的键盘,忽上忽下地舞动个不停。

神棍生平只喜欢做两件事——预测未来和放马后炮。他的预测很少有成真的，但是呢，他所有的预测都很含糊，每次他都能为自己的预言找到事情来对号入座。

这次的事故他又来这一套。"我不是告诉过你们，会出现紫色级别的危机吗？"说着，他伸手摸摸头发，然后一路摸向下巴，"嗯……一次持续近六分钟的系统故障，紫色级别，毫无疑问。你觉得呢？"

话毕，他抿着嘴等我回应。让人恼火的是，我们离不开神棍，没他的话，就没人管理第7层了。

神棍放弃了等待，身子后靠，双手的指头合拢，先是搭成一座尖塔，继而又搭成教堂的形状。"我得告诉你们一件事，伙计们，以后还会出现很多次紫色危机。相信我。"说完，他断开了连接。

我回到了房间。我需要冷静冷静，放松一下，想想以后的打算，想出一点法子来。平板电脑重新接入了428号牢房的摄像头，他仍然站在那儿，面无表情地继续盯着我，还好奇地挑起了一侧的眉毛，似乎在等待着什么。是他在背后搞的鬼吗？想到这儿，我不寒而栗。

我关掉平板，428号幽灵般的目光似乎仍然在屏幕上徘徊着。我想，他是不是知道些什么呢？他究竟知道些什么呢？

3

来了个女孩。来监狱探视的人不多,但偶尔也会有几个。他们租用私人船只——有时候是直接从母星系租船,但更多是在附近那些荒凉殖民星球租的船,然后一路飞过来。监狱外设有一块停机坪,我们自己从来不用。这块停机坪与监狱其他地方隔得很远,因为我们知道肯定会有人前来探监。

有时候犯人全家都会来,父母亲、丈夫,以及孩子们。他们有的就站在停机坪里放声大哭,有的则是静静地等待着。

监狱并没有规定怎么接待这些来访者。《监狱管理守则》里只说:"非常遗憾,禁止探监。"出于礼节,每个探视人第一次来访的时候,我总会去停机坪和监狱的隔离围栏那里亲自接待。事实上,在停机坪和监狱之间,我们已经安置了七十三套牢不可破的保障系统,这道围栏只不过是一个象征而已。依照惯例,只要我点头,便可以关闭其中的七套系统,以便让探视者将他们送来的东西递给我,比如说请愿书。一般来说都是请愿书,因为探视者不允许给犯人送信或是礼物。同样地,我也不能给探视者送任何犯人的东西。另外，即便是我，也无法关闭全部七十三套系统，让某些"无辜"的犯人从监狱里面出去。

我刚刚提到，探视人第一次来访的时候，我会亲自接待，尽一尽人道的义务。有时探视人会直接在围栏外大声喊话过来，有时他们会举牌子沟通，还有些时候，某一位探视人会走上前来，悄悄和我说话。

"你知道我是谁吗？"我会这样问。他们通常也知道答案。

"我们想要和<某犯人姓名>说话。"最好的情形是对话如此发展。我通常礼貌地回复他们："很遗憾，这不行。"

"可是你们曾经承诺过，我们可以使用互通网交流，"他们会继续坚持，"结果自从他们被送到了这里，我们就再也没有收到任何消息了。我们今天来到这儿，只是想知道<某犯人姓名>是不是还好。我们爱他们，就这么简单。"

我则会一脸凝重地回复说："你们请放心，<某犯人姓名>一切都好，已经得到了妥善的安置。互通网目前带宽不够，还没法实现犯人和母星系之间的通信。我可以向你们保证，问题绝不是出在我们这里，我建议你们向母星系当局提出诉求。听说目前的通信问题是太阳风引起的。"

在我做这些解释的时候，他们总是会用奇怪的眼神看着我。不过这些话都是本特利教我说的，我必须信任她。

然后，他们会询问能否送信给挚爱之人。我则会向他们道歉，解释说，互通网是唯一允许的通信方式，告诉他们在《监狱管理守则》的约束下，我也是身不由己，而他们则会再次用奇怪的眼神看我。最后，他们会递上一份请愿书，上面写满了他们的诉求和难以辨认的签名。

我一直不是很理解请愿书。一些你从来不认识的人突然想让你替他们办事，而你根本做不了什么。我遵守道德准则和《监狱管理守则》的条例照看所有犯人，那么拜托，你们务必把请愿书呈递给母星系政府吧。也许他们会答应释放某个犯人让我们大吃一惊呢，又或者，会命我给某位犯人额外的特权。但他们从来没有这么做过。

我耐心地向探视人解释，如果他们把请愿书递交给我，我就只会扫描下来，然后用比龟速快不了多少的互通网传给母星系政府。尽管探视人飞船上的上传系统毫无疑问要快得多，但他们总是坚持要我收下请愿书，或许这样会让他们好受一点吧，好像这样做了，这趟昂贵的长途之旅就是值得的。若是如此，收下他们的请愿书并认认真真地阅读，是我唯一能做的事，虽然他们也并不会回过头检查我在做什么。

一次互动良好的交流不就应该是这样吗？有时候他们在离开之前，甚至还会感谢我抽出时间接待他们。另外，我也接受过应对失控场景的培训，偶尔，会有探视人冲我大叫大嚷："你怎么能这样？你对得起自己的良心吗？"这种问题谁也没法回答。我们只是照章办事，自然对得起自己的良心，所有人都会这样说。

总之，探视人首次探视的情况大抵如此，而我也只需要接待第一次来探视的人。

等他们第二次来的时候，我通常就任由他们在外面随便干什么，毕竟按照规矩，我只需接待他们一次就够了。

通常他们就站在原地，高举着手中的牌子，满怀期待地透过围栏往里头张望。但是不会有人出来接待他们，最终他们只得失望而归。

几乎没有人会来第三次。

但这个女孩，她有点特殊。

她来了之后不像别人那样闹闹哄哄，只是站在停机坪里。奇怪的是，监狱的防御系统并没发觉有任何飞船接近的迹象，我们甚至没来得及打开停机坪的着陆灯光。不过这也没关系，看上去她也不需要指示灯指挥飞船降落。她就这么毫无征兆地来了，活像在变戏法。

她的穿着也不标准，没有穿太空服，甚至连飞行服都没穿——而是穿着一件老式的套头衫和一条整洁古雅的裙子，身材娇小却神情坚定。她甚至系了条头绳。我记得自己曾见过她这样的打扮，那还是很久以前在一位复古者的身上。我一度认为他们早已和老地球一道消亡了。她莫名地令我联想到428号犯人，她同样有一种与这里格格不入的感觉。

当然，猜也能猜到她是来探视428号的。

依照规矩，我来到了停机坪，她正在这里等着我。她没有举牌子，手里也没拿着真情流露得让人厌恶的请愿书。她只是坐在一块石头上，读着一本真正的纸质书。我来到围栏的后面，她假装没有注意到我，仍然在继续读书，翻页的时候只见她鼻头微微皱了一下，然后将读到的那一页折了个角（竟敢如此破坏这种宝贵的手工制品！我已经开始对她心怀不满了），把书收进口袋，抬起头面带微笑地看着我。"不好意思，"她说，"刚好读到精彩之处。那个……你好。"她礼貌地笑道，"有何贵干？"

"我是这座监狱的典狱长。"我说着，心里有点蒙，"应该是，'你有何贵干？'吧？"

"哦，既然你这么说，那就是吧。"她耸耸肩，耐心的笑容让她看上去更漂亮了。

"你认识428号，对吗？博士？"

她点点头。

"你想见他吗？"

她再次点了下头。

"嗯，只怕这不行。"

"啊。"她看上去有些严肃，指头在口袋里拨动着书页。

031

"我是大老远赶过来的,如果你能让我见见他的话,就再好不过了。"看来一切又回到了熟悉的那一套。

"你是他的亲人吗?或者,他的女儿?"

好像听到了什么笑话,我话音刚落她就大笑了起来,那是一种撕心裂肺的放肆大笑,听上去简直让人毛骨悚然。"千万别跟他提起这话,他绝对会杀了你。"

我皱起了眉头。她提到了428号杀人的事情,但却是一副漫不经心的模样,好像完全没意识到那是多么丧心病狂的恶行。不过,也可能是她刻意忽略了这一点。我尽量控制住情绪,问道:"那么,你是他的……妻子吗?"

她皱了皱眉,脸上的表情仿佛在说"得了吧"。遗憾的是,我很了解她这种人。"亲爱的,我很抱歉。你并不是第一个犯这种错误的人。或许你在互通电视上见过博士的真容,又或是在哪里读过他的案件,然后就爱上了他。"她用鼻子哼了一声表示不屑,我没在意,继续说道:"你到这儿来不过是因为一时的迷恋,可能你还觉得,一旦你见到他,就能成功地将他改造过来。你来到这儿想干什么,我清清楚楚。"说着我遗憾地摇了摇头,"你想挽救一个罪恶的灵魂。"

女孩思考了片刻,"这么说吧,我觉得他就是个傻瓜,我这样说你明白了吗?"

我又被她弄糊涂了。她的表现一点也不像是害了相思病的怀春少女。她伸出一只手,这只手并没有碰到围栏,不过指尖扫在3号防卫系统的电场上,发出噼里啪啦的声音。但她并没有下意识地缩手,她一动不动。

"我们重新认识一下吧。"她说,"你好,我叫克拉拉。我是博士的朋友。请问你为什么会在这里?"

"我是这座监狱的典狱长。"我说着,略略弯腰,正式地鞠躬行了个礼,"依照《监狱管理手册》,所有人第一次来监狱探视时,我都必须亲自接待。"

"第一次来才接待吗?"克拉拉抬了抬眉毛。

我点点头。就我是否要亲自接待所有到访者这个问题,我和本特利曾有过几次探讨。但是我们很快就发现,这根本没有讨论的意义。本特利觉得我不必一一接待到访者,对于她的这种难得的善意,我还是挺感激的。"我有义务亲自来和你谈谈。之后也欢迎你随时拜访,但是你只有这一次和典狱长直接对话的机会。"

克拉拉眉头皱得更紧了,"那好吧。我们长话短说,你肯定不会放博士走的,哪怕我穿自己最漂亮的一条裙子来,是吗?"

我表示正是如此。

"而且我也绝对没有机会和他聊上几句?"

我再次表示不可能。

"很好。"克拉拉耸了耸肩,"那就只能咱俩聊聊?"她貌似并没有因此而懊恼,"也行。我感觉自己就像是那个捡到神灯之类,能许下三个愿望的女孩,总之你懂的。我的下一个愿望就是希望能许下无数个愿望。"她笑道。

我不由自主地也朝她笑了笑,"抱歉,我不是很熟悉你们部落的寓言故事。"

"哦,你没听说过吗?"克拉拉笑得更开心了。这个女孩有一种迷人的特质,她并不只是在回应我的玩笑,而是将我当成了正常人类来对待。我忽然意识到,已经很久没有人这样对待我了。通常,探视者只会冲我咆哮,仿佛从来都没有意识到我和我手下的犯人朋友一样,都受到法律的约束。

她在停机坪来来回回地走,然后举起一只手。我猜她应该常常和人打交道。她举手投足总让人感觉是一名——教师。应该就是这样,当老师的都爱发火,还很盲目自大,不过这么形容克拉拉似乎不太恰当。

"总而言之,你唯一能做的就是听我说话,而且只会在我第一次来的时候这样做?"

"没错。"

"我说什么你都得听着,对吧?"她咧嘴笑了,好像忽然冒出了什么主意。

"当然。"这似乎也是我唯一能为我的犯人朋友的朋友做的事。

"那好，我来讲个寓言故事给你听吧。"她一边说着，一边伸出小小的指头冲着我点了点，"故事说的是一个女人，这个女人，嗯，算是约旦的女王吧，这位女王决定，她想要什么，就一定要得到什么。于是她嫁给了很多位国王，可无论她嫁了多少位国王，都没有哪位能给她真正想要的东西。其中一位国王是一个……嗯，算是一个歌手。另一位是一名战士。还有一位国王，不知所措地逃回家去了。还有一位能把丁字裤穿得很性感的国王……可能还有一些别的临时国王吧，不过这些是最主要的几位。总之，重点是，所有这些国王都没法让这位约旦女王得到她真正想要的东西，于是她就继续嫁给更多的国王，因为她铁了心要得到自己想要的东西，不达目的誓不罢休。国王都快嫁光了，她也丝毫没有要停下来的意思。"

我认真地想了想她所说的这个寓言。"你的意思是，你就像是那个约旦……约旦女王？"

克拉拉点点头，神情坚定地咬了咬上唇，"许多方面都很像，你甚至无法想象。"她郑重地说道，倾身靠向围栏，电场中涌动的火花在她的脸庞上跳跃，映得她的双眼闪闪发亮。她的神情格外严肃，"听好了，典狱长。我会不厌其烦地前来拜访，直到你同意照我说的做。放了博士，不然这里会血流成河。"说完，她又甜甜地笑了一下，随即转身离开。

真是个疯子。

4

女孩离开后,我提高了安保级别,并下令对428号牢房施行双倍的监视力度。另外,我还要求本特利彻查电力系统的紊乱是否来自外界的干扰。由于防护阵列在克拉拉抵达监狱时没有追踪到任何可疑信号,因此,她很可能是一直藏匿在小行星表面的某个角落里。然而,扫描仪也没有扫描到任何异常现象。

唯一可疑的是,自打她离开后,我们又出现了两次系统故障。虽然持续时间均未超过五分四十二秒,但形势依然严峻。我命令本特利向母星系发送了一份故障报告,想听听他们的建议。可从母星系匆忙传来的反馈,就只是监狱的各个承包商和分包商之间的彼此推诿和相互指责。电力故障依旧在继续,不过再没有达到之前那么严重的程度。

"也好,这至少提醒我们要时时刻刻竖起警惕的耳朵。"我对本特利打趣道——如果说这是想要逗她一笑,那就大错特错了。无论我说什么,永远都得不到她的认同。

神棍又从第7层打来了电话。他双手捂脸,透过指头缝偷偷地打量我,一副醉醺醺的样子。他时常这样烂醉。

"嗨,典狱长,你在这儿呢。"他的语气中透出一股喜悦。

"有什么可以效劳的吗,神棍?"我从来不喜欢和他通话。

"还是我来为您效劳吧——说来,我对那个女孩挺感兴趣的。"

"什么女孩?"

"上次来探视的那个女孩。一切都逃不过我的天眼。"你不就是将摄像头的数据接入了自己的线路嘛!"她看上去挺讨人喜欢的。我看见……"他深深地吸了一口气,"有一条朱红色的小径正通向她。"

说着,他伸出一根短粗的指头戳了戳摄像头,我的屏幕上立刻显示出一串湿漉漉的指痕。"现在就告诉你,我和她不久就要相会了。"说完,他为自己话语中蕴含的智慧赞许地点点头,然后抬手模拟了一个烟花绽放的效果,"我们的相遇将让整个天空熠熠生辉!火花四溅!你就等着瞧吧。"

我轻轻摇了摇头,"她不一定喜欢你这种类型的。"

"没关系。"神棍的神情稍有些沮丧,却还是冲我挤挤眼睛,"我已经预见到她身上散发出的奇妙色彩,还有……哦是的,还有428号犯人,我预见到那家伙将在未来投射出很长的紫褐色影子。"

我和428号犯人在观景台再次见面了。除了停机坪以外，观景台是整座监狱唯一能够欣赏到群星的地方。

当时已经是深夜，我一个人去了那里。我经常会独自前往观景台，追忆往昔的时光。所以，当狱警不在身边的我一打眼看到428号也站在那里的时候，心里顿时闪过一丝惊慌。我打了个响指，一名狱警从墙壁中现身，滑行到我跟前，悬停着发出滴滴的响声，等待着我的指令。

"428号犯人！"我喊道，"解释一下，你来到这里做什么？！"

"看看星星。"428号没有转身。

"首先，犯人不允许看星星。"

"这也太残酷了吧。"428号说着，仍然没有转过身来。

"这也是为了你们好。犯罪心理学家认为，景色会让犯人意志消沉。"

"是吗？"428号转过身来。身后缓慢旋转的星空勾勒出他脸部的轮廓。一瞬间我觉得，这幅景象既怪异非常，却又恰到好处。"你们的犯罪心理学家听上去就是群白痴。"

对此我确实赞同，于是我开始讲第二点："第二，犯人不允许进入监狱的这片区域。"

"啊，"428号啧啧道，"好吧，看来我得记下来，免得以后犯同样的错误。"

"第三,现在是犯人的睡觉时间。"

"哼,我不怎么睡觉。"

"第四,这个时间段犯人应该关在牢房里。"

"哟,"428号做出一副遗憾的滑稽表情,"我还能怎么说呢?我的牢房门不知怎的就自己开了,总是这样,跟变戏法似的。"他是在嘲笑我吗?"我就像掰弯勺子的魔术师,只不过你自己选择在巴士上和我坐在一起。"

"你已经违反了四条规定——"我忽地停了下来,因为我意识到自己的语气听起来完全没有怒气,就像是我完全忘了428号是怎样一号人物,犯下了怎样的罪行。于是我调整了一下,厉声呵斥道:"听着,428号!如果算上没有称呼我为长官在内,你一共破坏了五条监狱规定!"

"好吧,如你所愿,长官。"428号点点头,看上去有些烦了,"跟你说,我现在就往自己的牢房那边逛,能不能让我回去眯会儿呢?"他一个转身,刚准备就此离开,却又停住了脚步,"恕我直言,我觉得你也该好好休息一下,你的脸色有点苍白。"

"428号!你必须称呼我为长官!"我怒喝道。

然而428号只是转回身,慢悠悠地走开了,还心不在焉地朝我挥了挥手,"去睡会儿吧,长官。你该好好去睡个觉。"说完，他就走了。

我在那里站着，气得发抖。

狱警响起了哔声，想知道我需不需要它跟上428号，将他控制住。我摇了摇头。这次算他赢了。

所有人都喜欢守卫唐娜森，她完全是本特利的相反面。她是个个子小小的、身材较丰满的女性，而且永远春风满面，干劲十足。

唐娜森看上去嘻嘻哈哈，人却很是精明。所有人都觉得她是个软柿子，其实她要是固执起来，比本特利还要坚持原则。那些被她揪出来不守规矩的人，从来都是举手投降，可怜兮兮地对她苦笑："被你逮到了。"本特利的一贯正确令人心生畏惧，唐娜森则更像是一位备受人们喜爱的老师。

唐娜森唯独对428号犯人态度冷淡。我怀疑是本特利和她说过些什么（她们俩走得非常近），不过也有可能是因为她眼力颇佳。

有一天，我曾在监控器上看到428号和唐娜森说话。虽然428号说了什么听不太清，但唐娜森的回应却显得咄咄逼人："别再搞幺蛾子，你的日子就好过了。"

428号交了个朋友。本特利过来报告了我这个消息。我假装对此毫不在意，其实内心早已欢呼雀跃了。本特利俯身越过我的平板，打开了摄像头，我不由得再次注意到一个现象——本特利身上没有任何别的味道，只有一股肥皂味儿。这其实没什么稀奇的，不过我总觉得女人该有个肥皂之外的味道才对。我还记得每当妻子俯身，跟我分享她在互通网博客上看到的八卦新闻时，我总能闻到一阵芬芳。有趣的是，我已经记不起妻子身上的香水味儿，毕竟已经过去那么久了。

本特利退后一步，我赶忙从对她气味的思索中回过神来。毕竟我还是典狱长，不能像春天里的诗人般用力嗅空气。于是，我转而目光严厉地看向屏幕。监控数据来自一个狱警身上配备的摄像头，该狱警驻守在食堂的角落。428号此时正站着，用勺子从碗里扒拉东西。在他旁边，是看上去心力交瘁的317号，一个身材瘦弱的老头儿，可怜的拉夫卡迪欧。

428号：你觉得他们会不会给我们椅子坐？

317号：你会习惯的，博士。

428号：但是如果他们会给我们椅子的话，那就没必要习惯站着了。

317号：还有桌子。

428号：没错，桌子。桌子和椅子。

317号：我一直觉得站着吃饭对消化不好。

428号：食物应该是用来享受的，而不是狼吞虎咽，又不是急着要去开会。

317号：很对。不过我们这里没有人开会。

428号：你以前有没有开过会？

317号：哦，天哪，你说我以前吗？太多了，没日没夜，没完没了。现在回想起来，我觉得我会更喜欢午餐吃得久一点。

428号：巴黎，一直是吃午饭的好地方。不到巴黎就领略不到午饭的魅力，一顿午饭要吃很久，直到饭店里的人意味深长地敲打挂在门上的写着"打烊"的牌子，故意地咳嗽几声为止。啊，没人能故意咳出巴黎服务生的那种感觉。你去过巴黎吗？

317号：没有。巴黎听起来像是个挺不错的星球。以前听你讲过。

428号：等一切都结束后，我就带你去巴黎。怎么样，拉夫卡迪欧？

317号：你有一种难得一见的幽默感，我喜欢。

428号：你会更喜欢一分熟的牛排[1]或者鞑靼生牛排的。那可是好东西，就算因此而消化不良也值了。

317号：那个，呃，你的粥喝完了吗？

428号：哦……这个吗？你说我的粥？我还没开始喝呢。

---

1. 此处为双关。"难得一见的幽默感"（rare sense of humour）中的"rare"（难得一见的）和"一分熟的牛排"（rare steak）中的"rare"为一词多义。

317号：你要喝吗？

428号：不喝，给你吧。我留着勺子就行了。

317号：你确定？我觉得这样问挺不好意思的，不过我的分量有点……

428号：请随意，你把碗端走吧，我留下勺子就行。我一直以来都不怎么吃东西【多么荒唐的谎言】。现在要讨论的问题是，我们得在玛莱区或是跳蚤市场的什么地方找个吃午饭的地儿，然后沿着塞纳河去逛逛沿河的二手书报摊，等夜色暗下来再去北站美居酒店吃顿晚餐。那里的服务员全都打扮成企鹅的模样，而且还能用鸡蛋做出各种花样，就连鸡都自愧不如……

317号：不好意思，博士，你能不能稍微安静一下？就一会儿，我想先喝完这碗粥。

428号：挺难吃的吧，是不是？

317号：简直没法形容。

【一阵沉默】

317号：好了，碗还给你。我没有把碗舔干净，那样显得太不体面了。

428号：这粥也不值得去舔。我离开这儿的时候，肯定会去猫途鹰网给这里打一个差评。

317号：你想参观一下我的图书馆吗，博士？呃，虽然说是"我的"图书馆，但其实我们在这里是没有任何个人物品的。可话说回来，其他人也不怎么去图书馆，所以，我觉得也可以这么讲……

428号：带我去你的图书馆吧，拉夫卡迪欧。他们已经弄砸了桌子、椅子和食物，我倒想看看他们对书做了些什么……

我看着他们两人一边缓缓踱步走开，一边和其他犯人鬼鬼祟祟地交换着眼神。一时间，我的思绪仿佛被触动了，开始想象起和他们两人一起去巴黎的场景。听上去那是个好地方。

意想不到的是，这让我回忆起了拉夫卡迪欧其人。他是个没什么威胁的老头儿，进监狱的时候十分平静，好像他任教的大学发生的事儿不过是被大幅削减了预算而已。他是个老朋友了，犯不着惩罚他。

像428号这样的人，必须要严惩，这也是为了他们好。而像317号这样的人则没必要，因为他们已经彻底服从了监狱。过于残酷的刑罚似乎没什么意义，当然，除非具有很好的目的。

本特利瞥了我一眼，等着我开口发表评论。我感觉自己应该说点什么，不能辜负了她的期待。

"哦，我知道，428号触犯了《监狱管理守则》里的三条小规定，而且严格来说他现在正在绝食。不过这是个好兆头，本特利，他很快就会从愤怒转变成……"

"接受现实吗？"本特利似乎在嘲讽。

"这个嘛……"我觉得她每每讽刺的时候都很让人心绪不宁,"至少,428号已经展现出开始接受现实的迹象了,而不再全盘否定。而且317号对他来说是一个好伙伴,他就是服从的象征。428号能从他身上学到不少。"

"那样固然不错,长官。但是如果反过来,317号能从428号身上学到什么呢?"

本特利的话让我立刻警惕起来。她总是对的,我讨厌这点。

图书馆里的狱警摄像头运转了起来。这里的光线很暗,刚刚够犯人看清书的名字,但没办法坐下来好好读书。图书馆里的温度比监狱其他地方稍低。所有公共区域的气温都受到严格的控制,而唯一比图书馆冷的房间是游泳池。单单温度的细微调整就能实现对人的操控,这真是不可思议。

早期的《监狱管理守则》犯了一个错误,就是体育馆里有些过于温暖和干燥。以前之所以这么做,是为了让犯人更快地减轻体重,改善四肢的灵活度,从而减少肌肉受伤的概率。而在实际情况中,温暖干燥所带来的轻微脱水助长了犯人的攻击性。对此,我向母星系提出了质疑,要求恢复常温,但他们只是觉得这个现象很有意思,就不了了之了。最终,我还是悄悄降低了温度,使其稍稍高于常温。让犯人受到温度的刺激可没什么好处,毕竟,我还是把他们当朋友来看待的。

随即，我的注意力回到了图书馆。他们两人进去后，428号环顾了一下四周，317号在一旁满怀期待地等着，双手紧扣。终于，他有点等不住了。

317号：怎么样？

428号：挺糟糕的。

317号：哦。

428号：无意冒犯。

317号：没事。

428号：不过说真的，伙计，我在一家歇了业的慈善商店里见到的藏书都比这里的好。说实话，闻起来倒是同样的味道。

317号：明白。很抱歉浪费了你的——

428号：没关系。

428号迅速离开了，很明显他十分愤怒。图书馆的狱警转身将镜头对准了317号，他正目送着428号的离去。随后，他慢吞吞地、神色哀伤地绕着书架旁走了一圈，满怀歉疚地抚摸着书册，然后把一些书拿下来，拍掉上面落的灰。

看起来428号还是没能交成朋友。很好。

大概一个小时之后，我正忙着更新经费的分摊，陡然间听到了说话的声音。我这才想起来自己刚刚没有将视频关掉，于是忙不迭地把窗口最大化，将购置氧气再生催化剂的琐事抛在了一边。

图书馆的狱警镜头显示，317号此刻正站在图书馆里疯狂地挥着手，而428号则在他身边绕来绕去收拾图书。

428号：真的对不起，我必须向你道歉，对于我刚才的行为表示最真诚的歉意。快，接住书。

317号：我向来接不住东西。

428号：哦，亲爱的，我也是。

317号：那你干吗扔呢？

428号：因为我总是期待能遇见接得住东西的人，那多方便啊。好了，看吧，书没扔坏，书脊这块我很容易就能修好。

317号：博士，是什么原因让你转变了心意？你想要什么？

428号：向你赔罪，然后找到问题的答案：这堆可悲的藏书到底有什么值得留下来的伟大之处。我说的对吗？

317号：好吧。最开始监狱的打算是让所有犯人都能利用互通网的链接阅读书籍，但是，很明显行不通——

428号：因为网络速度比在萨默塞特郡[1]发条短信还慢，我知

---

1. 英国西南部的郡。

道的……

317号：是的，所以我揽了这档事，去见了典狱长。

428号：你很勇敢。

【说着，他做了个鬼脸，我立刻有点恼火。】

317号：说老实话，他挺善解人意的。我跟他解释说我们没什么书可看，于是他就跟母星系当局取得了联系，而母星系则遗憾地回复说，他们毫无办法。但是典狱长——他……

428号：你想让我也喜欢他吗？

317号：可能有一点吧。在那之后，我和他一起接触了监狱里的其他犯人，问他们进监狱的时候，有没有作为私人财产带进来的实体书；如果有的话，他们愿不愿意借出来。大家也达成了一致，个人物品中的图书都可以捐出来。另外，守卫也可以把自己不要的书捐给图书馆，他们人真的很好。

428号：没错。有趣的是，他们看上去可不像是会读书的人。

317号：恰恰相反。有一个叫唐娜森的守卫发现了制度上的某个漏洞——显然我们的亲属不能给我们送书。

428号：哦，天哪，那可没法子了。

317号：不过唐娜森本人可以订购书籍，然后让飞船送过来。所以这样一来，只要守卫们自己也会看书，他们看完后自然就可以——

428号：把书捐给图书馆。唐纳森可真是好样儿的，听起来我应该蛮喜欢这个人的。

317号：你待会儿就可以和她见面，她是一位很可爱的女士。

428号：女士？哦，原来唐娜森是女字旁的那个娜。喜欢读书的女人，简直再棒不过了。

317号：的确如此。她把自己的大部分收入都花在买书上了。她甚至发现我任教的大学的图书馆——不好意思，应该是曾经任教的大学——呃，正在……低价处理一大批书，于是她就去预订了那批书，几乎将飞船塞了个满满当当。

428号：哦，后来一切顺利吗？我怎么有点不祥的预感？

317号：不不，挺顺利的，但也算不上一帆风顺。运输公司有人对货物提出了质疑，不过当时飞船都已经离港了。典狱长尽管不情愿，但也只能被迫接收。虽然……他人有些怪，可心还是好的。所以，他无奈地弥补了系统中的这个漏洞，只能说弥补了一部分吧。守卫们现在仍然可以给我们捐书，只是不能再像以前那样一次捐那么多了。

428号：真是太蠢了，你们本来就应该有读书的权利。

317号：是的。可我也相信，典狱长确实已经尽他所能了。

428号：【长长地叹了一口气，我在办公室都能听到他的叹息声】后来怎么样了？

050

317号：哦，不怎么样。一个新的分包商想要给我们安装高速的私人互通网终端，我们的亲人可以付钱来购买宽带。不过，当然了，母星系的媒体发现我们居然要支付高额的费用，才能享受读书这种最基本的权利……然后，在民众强烈的抗议中……计划就被搁置了。

428号：所以也就没有给你们安装一个好一点的解调器，是吗？

317号：母星系本来就是这样不可理喻。话说回来，如果他们不是这样不可理喻的话，我又怎么会被投进大牢呢？

428号：所以，你想告诉我的是，多亏了人类的智慧和善良，还有怀着让监狱生活更好受些的期盼而密切合作的犯人和守卫，才有了所有这些书——这些了不起的、粗制滥造的、一文不值的、几乎都没法翻看的书——是吗？

317号：是的。还有这个狱警机器人——【咣当！】它专门在这里负责整理。最开始的时候，它还只会按照字母顺序来整理书籍，不过最近，我已经教会它采用正确的图书整理方法了。

428号：你说的是古老的杜威十进图书分类法[1]吗？

317号：没错。

428号：太棒了。整体的作用往往大于部分的简单相加。了

---

1. 由麦尔威·杜威发明、1876年在美国问世的一种图书馆分类系统。

不起的拉夫卡迪欧，跟你说实话吧，为了赞美这种善举，我决定借一本书来看看。让我看一下……杰弗里·阿彻[1]？天哪，我还是别看了。《摩尔·弗兰德斯》[2]，本书已改编成电视剧，主演……哎哟喂，这些书的年头也太久了吧？这里的书完全是随便乱挑的。

317号：很多来自母星系的书籍都是被当作废物压舱石从古地球运来的，都是些读来非常无趣的垃圾，主要是为了换取矿产。

428号："废物压舱石"？这么称呼书可有点过分了，还不如烧了给孤儿取暖呢。想想——被地球丢弃的废物现在变成了你们的宝贵文档。看一下这本如何……《我恨星期一》[3]，加菲猫著。猫写的书，谁都会喜欢看的。这本就很好，就借这本了。

317号：行，只要你喜欢就好。

428号：当然了。你好！【他拍了拍图书馆狱警】我要借这本小书，锡皮驴[4]，没意见吧？还有你，317号，祝你今天过得愉快。

317号：我会的，博士。

---

1. 杰弗里·阿彻（1940- ），英国政治家、作家。
2. 英国作家丹尼尔·笛福1721年创作的小说。
3. 作者杜撰的书。"我恨星期一"是由漫画家吉姆·戴维斯所创作的卡通形象加菲猫的经典语录。
4. 博士给机器人狱警取的绰号。

428号：谢谢你，拉夫卡迪欧。你知道自己做了什么吗？你给我带来了希望。还有你【说着，他又拍了拍机器人】，继续好好干活。

"他这是在干吗？"本特利倏地冒出来，越过我的肩膀盯着监控。我吓得不轻，不由自主地从椅子上跳了起来，杯子里的茶水全洒了。接下来的几分钟里，我俩不得不赶紧收拾桌面、抢救文件。

"不用了，我来就行。"我宽慰她道。

"没事的。"虽然她嘴上这么说，我却注意到她正拿着我的一份报告草稿在吸一大片水渍。我本可以阻止她这么做，但那样显得太无礼了。

几分钟的手忙脚乱之后，我们往后站了站，对自己收拾的成果感到很满意。

"我……我觉得刚才其实可以叫一个狱警过来收拾的，不过它很可能就会为了烘干文件把桌子给点着了。"

本特利没有笑，但是也没提出异议。我小小地扳回了一局。

"对不起，典狱长，给你添麻烦了。"

"别放心上。"我觉得对她宽容大度一点还是可以做到的，至少有助于改正她一声不吭、门也不敲就溜进我办公室的坏习惯。不考虑被水溅湿的报告的话，这件事反倒对我更有利。所以，在她点头表示悔意之后，我转移了话题。

"别放心上，别放心上，你不过是在观察博士——我是说，观察428号和317号的时候和我一样太全神贯注了，是吧？"我循循善诱道，尽量让自己显得语气开明。我注意到本特利退到了后面，眼神几乎没在我身上。看来她的确羞愧不已。

本特利的眼睛紧紧地盯着屏幕，317号正在空荡荡的图书馆里漫无目的地走动，贴心地照看着他那些可怜的藏书，将它们重新排列，和它们说话，好像它们是他的宠物一样。

"我的疑问是，428号到底想要干吗。"我说，"会不会图书馆里头藏匿着他需要的什么东西呢，嗯？"

"我认为他只是需要一位朋友。"本特利说。

"什么？"我问道，然后想了想她说的话，又"哦"了一声。

我们继续观察着图书馆里的317号。

本特利轻轻咳嗽了一声，"我有一个建议，典狱长，希望得到你的允许……"

"这回不用戴手铐了？"428号声音洪亮，说话比我在这里遇到的多数人都要大声。尽管被两个狱警押解着，428号仍然以一副闲庭信步的姿态走进了房间。他似乎完全不在乎自己在别人眼中是什么样子，就好像他的下半辈子完全不会被困在监狱里，而是总有一天会悠闲地离开,到时候他甚至不会回头看我们一眼。好吧,就让我一脚将他踢回现实。

"是的,不需要戴手铐,428号。"我向他确认道,舒坦地向后一靠,"请坐。"

"哦,我很荣幸。"他耸了下肩,将自己从狱警的手里挣脱开来,坐到椅子上,扫视了一下房间说道,"这儿很'棒'啊,不是吗?真的很'棒'。"他的语气有些讽刺的意味。我能感觉到他口中所说的"棒"是加了引号的。"你的花得浇水了。"

"唉,这里的植物通常是不开花的。"

428号啧啧了两下,"没有阳光,没有合适的重力,没有……任何让生物能真正活下去的东西。你喜欢这儿吗?"

我眨眨眼,"我的工作职责并不要求我非得喜欢这里,我的工作是遵守《监狱管理守则》,确保所有人都能和谐相处。"

然而我这句话刚说了一半,428号就没听我说了,而是打断道:"你想家吗?"

我坦率地摊开双手,说道:"我已经记不清了。我不能回母星系,现在这里就是我的家。相信我,428号,等你习惯了之后,你会感受到这里的宁静的。"

428号看着我,就那么直勾勾地看着我。我下意识地想要转过头,但是仍然面带笑意地让目光落在他的身上。

"你喜欢越狱活动吗?"我问他。他一直都打着越狱的算盘，常常像一只猫科动物一样漫步在监狱的各个角落。他甚至还让我们部署在他牢房门口的狱警瘫痪了，只有当他回去时愉悦地拍一拍并朝它挥手时，才会苏醒过来。428号从未将监狱当回事。不过，这种状况总会扭转的。

428号哼起了小曲，我于是又重复了一遍问题。428号做出冥思苦想状，一脸诚恳地倾身向前，"就像你之前判断的那样，越狱已经成了我的爱好。是真的，长官。毕竟所有人都有爱好。那些低级别的安全措施不过是小菜一碟，但超过一定限度之后就有些棘手了。不过，我总有一天会想出办法的。说实话，如果你当初没把克拉拉的手机烧成灰的话，我就能给你看看'糖果传奇'[1]了。现在好了，真是扫兴。"

"克拉拉？"

"克拉拉。"他不想再多说什么，所以我也可以心安理得地对他隐瞒这个女人曾经来探视过他这件事。很好，看来这是他的一个软肋，我得记下来。"等我出去后再给她买个新的吧。"他耸耸肩，"可是所有的手机销售助理都烦死个人，戴立克皇帝跟他们比简直就是小儿科。咳，要不然我这辈子都待在这儿算了，省得心烦。"

我向前靠去，"你的确这辈子都得待在这儿了，428号。但

---

1. 作者杜撰的、克拉拉手机里安装的一款app游戏。

是你似乎无法接受这一点。"

428号点头道:"是的,说得没错。"

"那就让我帮帮你吧。"我告诉他。

"要用拇指夹[1]吗?"他紧张地揉着指头。

"当然不。你把我们当成什么人了?我准备给你开个条件。"

"真的吗?"

"桌子和椅子。"

428号好奇地打量着我。

"你曾经在食堂说希望吃饭时能有桌椅。这就是我给你开的条件。如果在接下来三天三夜的囚禁时间里,你都能老老实实待着的话……食堂就会有桌子和椅子。"

"你想用家具来贿赂我?"428号似乎很高兴,好像从未有过这种待遇似的。

"桌子和椅子,我说到做到,428号。"

他点点头,"那行,成交。"说完,他的脸色瞬间沉了下去。"还有一件事,你得称呼我的名字,如果你不这么干的话,这事儿就没戏。"

---

[1] 欧洲中世纪的一种酷刑刑具。使用其刑讯时,将受刑人的手指、拇指或脚趾放在几根水平的金属条之间。转动螺杆时,金属条便会夹紧,压碎被夹住的手指等部位。

这个要求惹恼了我。博士显然不是他的真名，不比428号好到哪儿去。但是，考虑到此前已经做了这么多的铺垫，我再不情愿也得接受了。

"博士，"我露出愉快的笑容，"接下来的三天三夜里，只要你在该待在牢房的时间里老实地待在那儿，食堂里就会有桌子和椅子。"

428号俯身同我握手，盯着我的眼睛。我们之间保持了很长时间的沉默，直到狱警机器人进入预警模式后，才把僵局打破。

"成交。"428号说道。

5

最开始的两天两夜里，428号一直遵守着约定。我对本特利提起了这件事，她只是微微抿了下嘴唇，然后就去整理互通网报告了。然而，在第三天的夜里……

没人知道火究竟是从哪儿窜出来的，但肯定是源自书架上的某个地方，就在人物传记和小说之间。首先，纸张开始闷烧，冒出烟，本应该触响警报的，但是警报却悄然无声。直到第一本着火的书烧成了一团明火，火势沿着"杜威十进图书分类法"的顺序蔓延的时候，警报才被触发。

起火的消息几乎跟火势一样在监狱迅速蔓延。尽管当时是三更半夜，而且所有人都被锁在牢房里，但消息依旧成功地蔓延开来。在这里，八卦消息比火势传播得还要快。警报起到了作用，人们从噩梦中惊醒，纷纷聚集到浓烟密布的走廊边。

428号犯人出现在他牢房的窗栅旁，正在和负责守卫走廊的狱警说话。那是一个新型号的机器人，配备了基本的语音系统。

"局面已经得到了控制。"

"什么局面?"

"发生了一起火灾。局面已经得到了控制。"

"哪儿着火了?哪儿?!"428号警惕地问道。

"监狱图书馆。"

428号站在牢房的床边,像是一头正在咆哮的笼中困狮。当然,后来我重新看了一遍回放,才发现他并没有咆哮或是大叫。不过,如果你当时问我的话,我会说他两者皆有。实际上,他只是站在那儿,十分冷静。

"拉夫卡迪欧在哪儿?"终于,他问道。

狱警没有回答。

428号重复了一遍问题。随后,他一脸疲倦地放弃了追问,从牢房的窗旁消失不见了。片刻之后,牢房的门瞬间弹开,而狱警身上的摄像头变成了一片空白。与此同时,428号低声悻悻地说道:"桌子和椅子。"

当428号到达图书馆外面时,大群狱警已经集结在那里,排成了一道障碍墙阻挡在图书馆门前,门中不断喷出浓烟。

"你们不立即采取措施吗?"428号质问狱警道。

本特利此时现身了,带着宽慰的笑容对他说:"怎么没在你的牢房里,428号?"

"我倒想问问你准备怎么处理这场火灾?"

"非常遗憾,"本特利的语气恢复了一贯的冷静,像是又一个警报器发了声,"是火警。没什么好担心的,真空灭火装置会自动启动。不到三十秒,图书馆就会被封闭起来,将里面的空气排到太空中去。"

428号听着她的话,急切地点着头,"那拉夫卡迪欧呢?"

"警报触发的时候他正在自己的牢房里。"本特利说着耸了耸肩。

"没错,在他的牢房里。你们信任他,所以晚上也不会给他的牢房上锁。"428号说着从她身边挤了过去,"在他的牢房里。警报触发后,他就知道自己的宝贝图书馆着火了。在他的牢房里。火警。你刚刚说不到三十秒?"

话音刚落,博士的身影就消失在浓烟之中。

二十六秒钟之后,真空灭火装置启动。一股飞速升腾的火焰从图书馆中直冲夜空,火光冲天,继而冲出了围绕小行星的大气圈层。接着,火势戛然而止。从图书馆飘入太空的物体成了首批成功从这座监狱脱逃的东西。一摞摞来回翻滚的烧焦了的书籍,有些成堆地从空中跌落,还有些飘散出去的零落书页,永远坠入了虚无的太空。《白衣女人》[1]与《达·芬奇密码》[2]撞到了一

---

1. 英国作家威尔基·柯林斯创作的长篇小说。
2. 美国作家丹·布朗创作的长篇小说。

起，然后这两本书仿佛达成了某种共识，一道避开了《我们禀告总统吗？》[1]。

428号站在防爆门的另一边，气喘吁吁。烟灰将他的脸熏得乌黑，但他似乎在英勇的营救行动中毫发无伤。拉夫卡迪欧躺在他怀里，身躯蜷缩成小小的一团。428号将他轻轻地放在地上，然后马上开始对他进行人工心肺复苏。

这一切本不该发生的，我很确定这一切本不该发生，本特利表露出的震惊也无比真实。她走到428号身边说道："让狱警来照顾他吧。"然而428号只是愤怒地无视了她。

他像专家一样对拉夫卡迪欧进行心肺复苏，但是很长一段时间里似乎都没有任何效果。接着，拉夫卡迪欧开始喘气，嘴里嘟囔起来，眼神也开始恍惚地看向428号的脸，"唉，谁能料到这事儿啊。"他嗓音嘶哑，并且咳嗽起来，咳个不停。

428号抱起他，让他坐好。等拉夫卡迪欧频繁的干咳和抽搐缓解一点后，428号转向本特利，"麻烦给他倒杯水好吗？氧气对他很有好处，但水也是必需的。"

令人诧异的是，本特利竟然听从了他的话，她立即停下手中的活儿，命令一个狱警去倒水。接着她转身看着428号，双臂抱

---

[1] 英国作家杰弗里·阿彻的作品，在国内又译为《想暗杀美国总统的是谁？》。

胸，目不转睛地盯着他。

"我很抱歉。"428号对拉夫卡迪欧低声说道。

"是因为我的书吗？"拉夫卡迪欧声音嘶哑。

"都没了。"428号说，"我很抱歉，都是我的错。"

"怎么会……？怎么会……？"拉夫卡迪欧哭出了声，涌出的泪水滑过脸上的烟灰。他似乎完全没有听428号在说："我想要灭火的……但火势太大。太难了。"

说着，428号抱紧了他，一边抬起头盯着我的摄像头。

"有人，"428号的语气阴森可怖，"想要给我个教训。"

"我们说好了的，"到达现场后，我对428号说，"你不准离开自己的牢房。"

"别跟个三岁小孩似的，行吗？"要说谁像三岁小孩，我看没人比428号更像。他靠着墙，不情愿地将拉夫卡迪欧交到一个医疗狱警的手中。"这事儿是你的主意，是吗？"他指着被封锁起来的图书馆。

"你是在控告我纵火焚烧监狱财产吗？"我勃然大怒，"如果你希望的话，我可以安排人调查火灾的起因……"

"得了吧，给你自己省点麻烦。"428号露出不甚友好的厌烦之情。他打了个哈欠，看上去想要走人，但随即又转过身来，指着我的脸，"听好了，你这个愚蠢的矮冬瓜——"

063

"我——我乃是这里的典狱长,你对我必须做到应有的尊重!"我反唇相讥道,"而且我个头可比你高。"

"你就是个行为上的矮子,小人,无能之辈!你犯不着干这个!犯不着把这里烧光。"说着,他对着房间四周挥挥手,然后指着我说,"听我说,你根本不应该烧书,就算是垃圾一样的书你也不应该烧,更何况你还知道这些书都是这个善良无害的男人的心肝宝贝,所以你更加不应该烧书。但你为什么这么做呢?因为你的计划出现了严重的错误。你原本可以直接杀了他——只为了给我个教训,但你那样做又会良心不安。"

"我可告诉你,我对得起自己的良心。"

"是吗?"428号满腔的怒火就像是被锁到了冰柜中无处发泄,我扭过头不去看他。"我可不这么想。如果有什么事真的值得你这样大动干戈的话……算了,现在说什么都无关紧要了。"他耸耸肩,上下起伏的肩膀有如山峦。"晚安了。我要回牢房了。除非……"

本特利似乎是平移到了428号身旁,"有件事我必须指出,428号……"

"哟,"428号对此无动于衷,"原来是你啊,卖火柴的小女孩儿。"

本特利脸上仍保持着毫无瑕疵的微笑,"我得提醒你,428号,你违反了监狱的宵禁规定,也违反了你和典狱长之间的私人协议。"

428号缓缓地翘起一侧的眉毛,开始一下一下地鼓起掌来,动作中明显带着讥讽的意味。"是不是要给我单独关禁闭?"

"没错。"本特利毫不犹豫地说道。

"妙极了。"428号摩挲着手掌,"因为我再也不想多看你们一眼了。我正求之不得呢。快带我去我的'新房车'吧。哦……"他转向本特利,"记得替我向拉夫卡迪欧道个歉,可以吗?"

本特利点点头。

"很好。"说罢,428号悠闲地朝着正在等候他的狱警走去,"因为如果我不提的话,你们这群人是不会给他道歉的。"

我们在他的新牢房里安装了一个摄像头,但是摄像头没起多大作用。428号坐在那儿,纹丝不动,背对着摄像头。

他就这样待了四个小时。

女孩又回来了。她站在停机坪上,头发整齐地向后梳着。她的着装和上次如出一辙,只不过这回衣服上点缀着星星点点的油漆。她手里举着一块牌子。

"哦,"她说,"你好!"说着她伸出了手,"别握。"她说,"油漆还没干呢。还有,别忘了电网。"

"是的。"我说。

"我就知道你会来的。"克拉拉似乎由衷地感到高兴。

"虽然按照要求,我只需要接待一次,但第二次当然也不成问题。"

"你以后会来得更频繁的。"她信誓旦旦地说。

"好吧。"我轻声笑道,"不过这件事的决定权完全在我。"

"你还真是个自负的家伙。"克拉拉笑道,"你肯定会喜欢我们学校的校长,他跟你一模一样。"

"噢。"我说,"你就是这样请求我宽恕博士的吗?"

"呃,"她说,"还有这块牌子,喜欢吗?"

说完,她挥动了一下牌子,上面写着"释放博士",点缀着许多五颜六色的手印。

"这是2B班做的。"她说着,将牌子翻了个面。牌子的背面写着"救救多特·科顿[1]"。我奇怪地看向她。

"哦,是的,2A班的学生听错了。多特·科顿,她可是伦敦著名的老烟枪,不过这不重要。这根扫帚柄是丹尼给我的,他也是学校的老师。等一下,他不是重点。"很明显是男朋友嘛。

---

1. BBC著名肥皂剧《东区人》(East Enders)中的人物,由琼·布朗(June Brown)扮演,她曾客串《神秘博士》。下文学生出现误解,是因为博士(Doctor)与多特·科顿(Dot Cotton)的发音较为接近。

我是不是有点嫉妒？奇怪的是，我并没有。

"你还好吗？"我问。

"挺好的，怎么了？"

"你看上去很紧张。"

"哦，是的，因为我现在正同时身处两个地方。"克拉拉的脸沉了下来，"不过这没关系。博士怎么样了？"

"根据《监狱管理守则》，428号犯人此时正处于我们的悉心照管之下。"

"《监狱管理守则》？我打赌他一定很喜欢。"克拉拉做了个鬼脸。

"不，他才不喜欢。"

"我猜他也不会喜欢的。"她努力装出一副满不在乎的样子，"那个，"她说，"我能不能……能不能给你点东西？"

"是请愿书吗？"我叹了口气，"请愿书我可以收，但不能给犯人送礼物或信件。"我对克拉拉有些失望，都是同样的无趣之人。于是，我不耐烦地指了指栅栏上的一个口子，上面嵌了一只银色的箱子，"想放的话，"我本来对她期望还挺高的，"就把你的东西放在箱子里。"

克拉拉有些迟疑，"你必须亲自读，这很重要。你读了就知道了。"

"是2B班专门给我做的吗？"

"呃，不是。呃，好吧，他们的确做了不少重要的东西，还画了一幅画。画得挺好的。而且我答应了2B班，就在那天博士过来给他们做了动物气球之后。不过，这不是重点。"她从挎包里掏出一叠东西放进了箱子。"你一定要亲自读一下。嘿，你要去哪儿？"

"这样吧，"我说，"我向你保证，我一定会读你给的这些东西，不过要先等七套系统关闭后才能把东西传过来。而关闭系统的话，需要对材料进行监督和过滤。然后，等它们通过过滤后，放在信任箱中的东西就可以传过来了——"

"信任箱？"

"对，这箱子就叫这个名字。"

"就连给你的信件都要审查吗？"

"是过滤。"

出于愤怒，克拉拉的五官皱到了一起。"我保证你最终拿到手的，不过就是一张画着几只玩足球的狗狗的画儿而已。尽管足球是孩子们贴上去的，但总的来说画得不错。足球是从锡纸中剪好贴上去的，很容易脱落；而一旦脱落了的话，这幅画的用意就有些让人迷惑了——一大群迷失了方向的狗狗，既困惑难解又毫无意义。"她在说最后几个词的时候加重了语气。

我礼貌地朝她行礼，"这样说我倒是很期待看一看了。"我告诉她道。

"博士现在怎么样了？"我转身走开后，她冲我大声问道。

"哦，还好好活着呢。"说完我便径直离开，留下她独自一人待在那里，挥舞着手中的牌子。

守卫唐娜森在食堂里制止了一场斗殴。

203号犯人……她一直都有点好勇斗狠。她的名字曾经叫阿巴茜，母星系革命期间，她曾是战败一方的雇佣兵，这段经历一直令她耿耿于怀。顺着她领薪水的支票上的名字顺藤摸瓜，新就任的总统将她送到了这里。我不确定自己到底有没有因为她的尖酸刻薄而责备过她。应该没有。

她对待监狱生活的态度，就像人们接受那些他们毫不在意的工作一样。看得出来，她觉得自己终有一天会结束被囚禁的人生，但这其实挺讽刺的，众所周知，没人能离开这里。

在某种程度上，我很惊讶428号竟然没有发现203号对他的敌意。203号长得人高马大，十分引人注目。如果她没有一天到晚摆出一副冷脸，我敢说她长得还蛮漂亮的。她的头发依然修整得干净利落又时髦，好像要随时穿上礼服赴宴，只要一通电话打来，她就会出发去一个美妙得多的所在。

就我个人而言，我觉得她这样技能超群的雇佣兵关在这里简直是暴殄天物。当然了，她本人自然很乐意为新政权效劳，但是政府向来黑白分明。

在监狱中,203号就像是一个非正式的仲裁调解系统。不过,这只是对阿巴茜攻击那些惹恼她的人的委婉说法而已。

而这也正是428号被突然扔到半空中的原因。

跌落在众多犯人脚边的428号站起身,围观人群迅速往后退去。只见他站稳身子,然后捋平囚服上并不存在的褶皱。

"要是你想喝我的粥,直接问我要就行了。"他说。

阿巴茜站在他旁边,足足高出一大截。

"看来……是跟粥无关?"428号小心翼翼地问道。

他还没来得及保护自己,又被重重一拳打到了墙上。

我注意到狱警没有做出任何反应,于是开始考虑要不要吩咐人类守卫过去控制局面。但转念一想,这可是428号犯人啊,挨顿揍对他有好处。有时候我们会对203号的举动睁一只眼闭一只眼。她可是很有用的一枚棋子。

缩成一团的428号站起来,友好地朝203号挥了挥手。

"你对我有意见,我明白,只是我还不太了解到底是为什么。我也懒得去猜,那太烦了。相信我,我唯一清楚的就是,这样的环境下,我的行为时常会给我招致不幸——"

这次,428号在地上滚了好几圈才停下来。

然后,他又迅速站直了身子,露出笑容。

203号朝他冲过去。

428号一动不动。或者说,基本没怎么动。正当203号要向他发起突袭的时候，在203号肩膀位置忽然有根手指晃动了一下。

刹那间，203号就哀号着滑倒在地。

"你算是撞头彩了。"428号站在她的旁边说，"我已经有阵子没用过金星合气道[1]了，更别提对女士来这一招了。尽管没规定我不能攻击女士，但是——"他眨了下眼，"你也算不上是位女士。"

203号双眼圆睁，对他怒目而视，挣扎着想要站起来。

428号打量着她，"你对我有意见，我明白。可到底是因为图书馆，还是因为可怜的拉夫卡迪欧，或者是因为我没能给食堂争取到桌椅呢？又或者……三者皆有？因为如果放到一起看的话，我承认，这的确挺糟的。"

203号站直了身子，开始咆哮。

就在此时，她匪夷所思地再一次滑倒在地。

不过这回她没能站起来。

"其实刚才我下手挺轻的。"428号一脸不好意思地低声说道。然后，他靠着她蹲下身，在她耳旁说了些什么。

就在这时，守卫唐娜森赶过来拉架。她用一贯的干脆冷漠检查了斗殴现场。和我一样，428号在她眼中也是个不讨喜的角

---

1. 《神秘博士》宇宙中的一种搏击术，有点像中国的"点穴"功夫，使用时用手指按压身体上的某个特殊点位来使对方无法动弹或击倒对方，这种搏击术一说是由金星人发明的，一说是博士自己发明的。

色。但428号看到她后似乎很高兴,他扶着203号站起来。"她名叫阿巴茜。"他告诉唐娜森,"恐怕她有点儿脑震荡。"阿巴茜瘫软无力地靠在墙上,"一定要小心点,她的内耳暂时有些功能失调,所以一两天内平衡感都会比较差。"

事后回想起来,在医疗中心将203号犯人和拉夫卡迪欧安排在一起就是个错误。

我再次见到203号已经是几天之后了。当时她正和博……和428号犯人一起朝手工车间走去,犯人们通常在那里给自己鼓捣点儿手工制品。而他们两个看上去,请恕我用词欠妥,感觉有些狼狈为奸。

我一直不清楚图书馆的密封门是怎么被破坏的。等到询问了428号他是从哪里弄来的木料之后,我才得知真相。

"你不喜欢这些桌子吗?"他问道,表情有些受伤。

我们站在食堂里,现在里面已经满是桌子和长凳。

"我们重新刷漆了。"428号解释道,"黄色容易挑起人的情绪,粉色则有镇定的效果。恶魔岛[1]上的人发现了这一点。"他朝我弯下身子,指着一条长凳。

---

[1] 即美国旧金山著名景点阿尔卡特拉兹岛,曾经是联邦监狱。

"请坐吧。"他坚持让我坐下,"别坐那条靠背长凳,有点晃,不过只有一点点。"

"你是……"我的嘴有点干涩,"你是从哪儿弄来的木料?"

"哦,木料啊,"428号看上去显得很随意,"图书馆里有那么多的书架,现在上面空空如也,没书可放了,你也知道。于是,阿巴茜和我想出了这个主意……这么说吧……她只要手锯在手,就能妙手生花。"他脸上露出愉快的笑容。

我就只是站在那儿,看着犯人们陆续进入食堂吃早餐,一个个领到自己的那份粥后在桌旁坐下。他们脸上都带着笑容。没有人说话,只是在微笑。阿巴茜站在所有人后面,双臂抱胸看着我,似乎在等我向她发难。

"有时候,"428号笑道,"终点并不是最重要的,重要的是如何前往终点。有时候,旅行和终点都会给人以丰厚的回报。"

说完,他伸出手在桌子上拿了个东西递给我。是一只盆子,里面种着一株植物。

"这是一株蔷薇。"他说,"我知道你喜欢花儿,这是我在水培中心栽培出来的。"

"但是犯人不允许进入——"

博士耸耸肩,"是啊,多可惜。把这花儿放在你桌子上吧,没事浇浇水，赏赏花儿。"

我盯着这株花儿，小小的红色花蕾已经露出来了。海伦一直很喜欢玫瑰。我想说点什么，但却不能对博士表示感谢，我做不到——这样做的话，他就大获全胜了。于是，我将花儿拿到了身边。我几乎都能闻到花儿的芬芳。

博士转身准备离开。

"不留下来——"我突然住口。我的语气未免太突兀了，完全暴露了自己被他打败的事实。所以我闭上了嘴，没有继续说"享受你的胜利吗？"，而是转而说"喝碗粥吗？"。

428号转过身，夸张地抖了抖身子。"不了，我受不了这里的食物。不过别担心，食物也是我任务清单上的一部分。"

他笑着看了我一眼，然后离开了。

本特利和我面面相觑，她几乎是在瞪着我的眼睛。

"看来他赢了，是吗？"我说。

本特利没有作声，而是看向了别处。

那天晚上出现了电力波动，故障进行到了六分十二秒。我几乎都快忘了时间的问题。本特利和我就故障展开了争论，双方的态度都很坚决。

"第7层。"她说，"你必须马上把第7层隔离开来，以争取资源。"

"我不能那么做。"我反驳道。

"但《监狱管理守则》上说,这是唯一的办法。"

我多多少少知道她说的是对的。第7层现在是自给自足的状态,没什么好担心的。至少目前如此,但我就是不喜欢这个提议。

此时,红色的灯光逐渐熄灭,警报声也停了下来。

我们又逃过一劫。

警报声停下后,有两个人出现在了他们不该出现的地方。

其中一个就是428号,他正站在守卫唐娜森的尸体旁边。

"我知道,看上去像是我杀了她。"428号刚一开口,本特利就冲上前去开始揍他。"我当时正在寻找警报声的来源……她也是。"

但是本特利依然在不停地揍他。她哭了。

奇怪的是,428号上前用双臂将她环住搂紧,"我也很喜欢唐娜森。"他说,"节哀顺变。"

我来到隔离囚室看望428号。这里更像是个橱柜,但他似乎对自己身处的环境毫不在意。

"本特利怎么样了?"他问。

我摇了摇头,"她怎么样不重要。428号,为什么你要杀唐娜森？"

"我没有。"他似乎对我提出这样的问题感到十分恼怒，"我们俩当时都在寻找警报声的来源。恐怕她先于我找到了源头，然后就被杀了。"

"是什么东西杀了她？"

428号耸耸肩，然后探过身子敲了敲我鼻子的位置，但是屏蔽墙在他的手下发出恼人的噼啪声。"在这座监狱里，有些东西连你都毫不知情，典狱长。"

"你指望我相信你的话吗？"

428号再次摊开双手，"我当时身上带武器了吗？而且对唐娜森来说，就算我带了武器，管用吗？"

我对他怒目而视。有时，这样的无礼是不能容忍的。

我离开了，留下他一人在囚室。就让他烂在里头好了。

唐娜森是一个信教的人，至少她家人信教。因此，家庭的信仰被塑造进了她的性格之中。根据习俗，她的遗体会被放入棺木，在教堂中过夜，之后在破晓时分（按照母星系的时间）进行处理。

需要有人在晚上为唐娜森守灵，我决定自告奋勇。还好棺材已经合上了，这意味着，我可以一整晚独自哀伤了。

其实一直以来我都对唐娜森知之甚少，但我还是挺喜欢她的，所以我此刻认为自己对她负有不可推卸的责任，但也仅此而已。在未来的八个小时里，我将被这种感觉和可怕的负罪感所蹂躏。

只听一声轻轻的咳嗽，428号悄悄坐到了我旁边的椅子上。

有那么一刻，我完全忽略了他，我实在想不出要对他做什么。

428号似乎也不着急说话。

我们就这么坐着，一言不发地看着唐娜森的棺材。从他脸上的痛苦表情可以看出，他内心深处的负罪感和我不相上下，但不是因为他杀了她，而是因为他对她的死负有不可推卸的责任。我不知道他和我到底能不能从这种内疚中恢复过来。我瞥了一眼428号，想知道他的内心是不是还被巨大的负罪感所折磨，就他逃出隔离室、跑来和我坐在这儿而言……他肯定还是这样的，毫无疑问。

我们又坐了一会儿。我不再每过五分钟就看一次手表。一股死寂开始弥漫在唐娜森的棺材、428号犯人和我之间。房间里唯一的光亮来自蜡烛。空气中弥漫着淡淡的芬芳，来自于我从合成处订购的人造花朵，还有428号带来的花儿，比我订购的要多得多。他找到了天然的百合花儿（鬼知道他怎么弄到手的），但浓郁的香味很快就变得令人作呕了。

忽然，我察觉到时间已近黎明时分。在淡淡的哀思中，夜晚已悄然流逝。428号站起来，朝棺材鞠了个躬。

"博士……"话音刚落，我立刻闭上了嘴。我可不能向他表示感谢。

"请转告本特利我很遗憾。"428号对我说道，声音低柔，"另外，我还想告诉你，从隔离囚室逃出来轻而易举。"说完他露出带着哀伤的笑容，拍拍我的肩膀，转身离开了。

神棍从第7层给我打来了电话，他的胖脸上挤出一个滑稽的悲伤表情。

"听说发生了一桩悲剧。"他慢吞吞地拉长了语调，手指上下翻飞，"多么遗憾，多么悲惨，多么的……紫啊。"

"你到底想说什么？"通常被神棍的话惹恼后，我都会很好地掩饰住情绪，但这次不行。

"哦，是不是我打扰到你了？"神棍拍了下手，"我可真笨，早该预见到的……我做梦也不敢在如此严峻的形势下打扰你啊。只是这桩悲剧……的哀伤氛围甚至传染到了我们下面，如此悲伤的情绪影响了我的预见能力。"我简直不敢相信——这个蠢货竟然怪我们干扰了他装模作样的千里眼。他甚至都算不上一个货真价实的神秘主义者——无非就是个消息灵通的八卦爱好者罢了。虽然他也没什么威胁，但是让他负责第7层这个决定，可真不是什么好打算。

神棍举起双手,仿佛我已经向他道了歉似的阻止我道:"不必因为干扰了我的预见能力而感到抱歉!尽管非常遗憾,但这种事情是避免不了的。请放心,我亲爱的典狱长,我并没有责备你。"然而他说话的口气明明就是在责备我,"只不过……"他的手指按压着额头,指尖陷入了太阳穴,"没错,是的,太遗憾了。我本可以将未来看得一清二楚,然而出现了这么多的干扰,而且有一片云……透过暗红色的思维迷雾……"他的手指开始揉捏眉毛,摆出一副庄严虔诚的面孔,"跟你说,很快你就会开始思考第7层的命运了。我们就是一群命运凄惨的可怜虫。"说着他伸出一根手指冲我晃了晃,关闭了通话。

克拉拉再次回到了停机坪。这次,她举着一块新的牌子。

"这次是我自己画的。"她说着耸了耸肩,"因为我觉得如果老是强迫孩子们去画的话,他们迟早会把我加入黑名单,那可不是什么好事。"

"原来如此。"我说着,看了看牌子上的内容,"你觉得在什么情况下我不会将你的牌子解读为恐怖分子的威胁?"

"哦。"她抬头看了看牌子,"你收到上次给你的那些文件了吗?"

我挠了挠头。说实在的,每天都有像雪片一样多的文件发送给我。"不太确定,可能还没有吧。"

"实话实说吧,"她叹了口气,"那个信任箱就只是一个敷衍吧。"

"也许。"我说,尽量想要宽慰她,"或许只是我处理文件的速度太滞后了。"

"莫非你真指望我相信你的鬼话?"

"我们的文件多得很。"我说着,几乎都能听到自己嗓音中浓浓的倦意。

她翻了个白眼,"博士可是很重要的。"

"或许吧。但他只是428号犯人,还有四百二十七名其他犯人,所有人对我们而言,重要性都是一样的。我们已经按照《监狱管理守则》的要求在照顾他了。请务必相信我。如果你对将他送入监狱的司法程序有异议的话,我建议你去母星系上诉。"

"我去不了。"克拉拉说着,朝自己肩膀后方瞥了一眼,"我只能到这儿来。我的……呃,交通工具跟我闹了点小情绪。"

"你说什么?你的飞船吗?"

克拉拉面露不悦,"那家伙太喜怒无常了,它以前还特别恨我来着。现在倒是基本上能容忍我了,不过也就是在家和这里之间往返,仅此而已。当然有时候也会出状况。"

"懂了。"我其实并没有听懂,感觉她纯粹是在信口开河。

"说实话,"她转动着眼珠子,"总有一天它会坏掉的,然后我就会被困在某个地方出不去了。你能想象吗——哦！"她连忙尴尬地掩住嘴，"我不是有意的。"

"没关系。"我生硬地说道，"继续跟我讲讲你旅行的事儿吧。"

"不必了，不必了。"克拉拉强调道，"我不说这些事了，刚刚已经说错了话。如果你愿意的话，我们倒是可以聊聊政治。很明显，母星系的新任总统完全不得民心。你愿意的话，我们可以聊聊。"

"大可不必。"我果断地回答。

"天气也算是个不错的谈资……"克拉拉抬头望着漫天的星斗，似乎期待来一场雨。

"如果你没什么可说了的话——"我语气中的刻薄让我十分满意，"就恕我不奉陪了。你可以和你的……那个太空船谈谈，看它能不能给你安排其他回家的途径，我还有这么大一座监狱要管理呢。"

"我明白了。"

"克拉拉，你喜欢我这个人吗？"我不知道自己为什么要问出这句话。

"喜欢你？"她看上去颇为惊愕，像是一个果酱瓶在问她怎么投票似的。

"算了吧，我得走了。"我迅速站起来，一脸窘迫。

"在你走之前……"克拉拉咳嗽了一声,然后用力地挥了挥手中的牌子,"能不能让我把上面的字先读给你听?"

"别,我看得懂字。"

"释—放—博—士—否—则—就—会—血—流—成—河。"她顿了顿,"好啦!"

虽然很荒谬,但她看起来对自己的表现很满意。

我叹息了一声,"你来晚了,杀戮早就开始了。"说完,我便径直离开,留下她一人。

她的脸色顿时阴沉了下来。

我觉得自己应该不会再出来见她了。

说老实话,在回办公室的电梯里,我觉得我对克拉拉的态度有点不妥。脑袋里总有个微弱声音在唠叨,对她好点,一切就会简单许多。但现在为时已晚,本特利肯定会带着拷问的眼光到办公室找我。我回到办公室,一屁股坐到桌边的椅子里。一个狱警给我上了茶,但我没喝。于是又有一个狱警,很可能就是之前那个,给我上了更多的茶,可我连碰都没碰。我就这样坐着,看着摄像头里的克拉拉站在停机坪上,耐心地高举着手中的牌子。终于,她的手酸了,于是开始不断揉捏两只手臂。随后,她在停机坪来回走动。最终,她一怒之下把牌子放在地上,神情抑郁地走开了。

6

那天我特别累。而这也是我对于那之后发生的一切唯一的借口。

晚上出现了两次电力故障,接着白天又出现了一次,而到下一个晚上我上床睡觉后,又出现一次——而且是迄今为止最严重的一次。

我被警铃声吵醒。我感觉自己才刚刚躺下,但其实已经睡过去了两个小时。我担心总有一天出现故障的时候,我会倒头继续睡去,完全不顾危机。

我艰难地从床上爬起来赶到控制站,本特利已经到了。她看上去真有些筋疲力尽,这还是第一次。自从唐娜森去世后,她看上去就比之前要疲乏许多。控制站里还有好几个其他的守卫——人数超过了工作站所需的操控人员数量。他们畏畏缩缩地靠着墙,给前来的狱警让出路。为什么狱警机器人看上去有些紧张兮兮的?是我的幻觉吗?它们仓促的动作显露出一股局促不安的味道。

我的目光不由自主地转移到了故障计时器上面，这次故障已经持续了五分钟。相对而言，白天故障持续的时间还是颇短的——三分钟而已，这种紧急情况几乎可以忽略不计。而现在，已经快接近六分钟了。一直显示更新中的监狱地图，至今没有任何动静。

"有报告吗？"我对房间里的众人发问，心里仍存侥幸。

这一次，本特利没有回答，而是骂骂咧咧地消失在一块控制面板下方。她的副手玛拉匆忙跑过来，手里拿着个塑料书写板，"长官，故障对线路的重新规划造成了影响，我们现在没办法进入系统将其稳定下来。"

"很快你就会开始考虑第7层的命运了。"

神棍的话再次萦绕在我脑海——看来他并非完全是个骗子。警铃声越来越刺耳，时间已经悄然过了六分钟，运行也已经停止。所有人的眼睛都紧紧盯着显示板，然后将目光慢慢转移到我身上，寄希望于我能对他们下达什么指令，能带来奇迹的指令。

本特利总算从控制面板下方爬了上来。"我们什么都做不了，典狱长。"她说，简明扼要地阐述了我们的失败，"我们没办法侵入系统将其关闭。一旦过了七分钟，就会出现连锁失效反应。"

也就是本特利这种人，在说出"连锁失效反应"这几个字的时候，脸上可以没有一丝不安，甚至让人觉得她从未在培训课程上听到过这几个字，或者只是因为觉得听起来很酷就记下来备用。当她说"连锁失效反应"的时候，她说的就是这几个字的字面意思。

回想起神棍此前说过的话，我点点头。"我们能不能将第7层隔离，然后弹射出去？"我问。第7层是监狱里唯一一处可以弹射的部分。至少能为他们赢得一线生机，也能为我们省下一些宝贵资源，从而赢得更多时间。

玛拉查看了一下书写板上的几个图标。"他们的动力十分有限，所剩氧气仅够维持十二个小时。"

我对此毫不关心。"即便如此，他们也很可能比我们多出十二个小时，毕竟神棍总能想出什么法子。"我笑道，"他似乎对监狱里的每件事情都有自己的看法。启动分离程序吧。"

现在至少大家有事可做了。

时间已经到了六分四十秒。有意思的是，到第七分钟后，并不会出现什么大爆炸，所有人也不会死。我们首先会注意到灯光将变得有些暗淡，空气变得些许温暖，开门的时间会有稍许延长。可一旦连锁失效反应发生后，整座监狱的崩溃将会立即加速，死神将会向我们逼来。那可不是啥好事。

六分四十五秒，又一个警报停掉了。剩下两个像是求偶的野兽一样鸣叫着，发出短促而又刺耳的声音。紧接着，主警报也被掐断了。简直是不幸中的万幸，时钟复位，监狱地图开始闪烁，似乎正在进行微妙的转变，直至最终进入重新载入的状态。一切恢复如常，仿佛什么都没有发生过。

一切似乎陷入了平静。

只不过……

本特利注意到了。"第6层，所有的门都开了。"难怪还有个警报声一直在响。

第6层？

"另外，"本特利叹了口气，"428号离开了牢房。"

通常来说，本特利会处理这类问题。但她此刻还留在控制站，有条不紊地梳理系统故障，一个个地检查，确保在下一次全面崩溃前，所有系统均处于最佳工作状态。

于是，我决定自己去找428号。以防万一，我带了一个狱警随行。

428号每次出状况的时机总是那么巧，真是烦透了。早不逃晚不逃，偏偏挑在这种最糟糕的时刻玩他的越狱把戏。一般来说他都挺谨慎的，常常会在不触发警报的情况下偷偷摸摸地溜回牢房或是从牢房里溜走。但这一回，控制站显示板的警报热闹得像节日庆典。

我们到了第3层，晚上静悄悄的监狱着实让我有些震惊。即使是正在响的警报，听起来也像是天花板上传来的低语。很显然，犯人早已习惯在警报声中安然入眠了。我对所有人宣布，局势已经得到了控制。但事实上，我根本不知道自己说的是不是真的。只差不到二十秒，我们就要在缓慢的痛苦中走向死亡，运气好点的人可能会在睡梦中死去。

428号牢房的门敞开着，里面空无一人。门上钉着一张便笺纸：5分钟就回，有包裹替我签收一下。在我看来，这一点也不好笑。

狱警可以追踪他的足迹，于是我们直接前往第6层。

第6层有些不大对劲儿。如果说监狱其他地方还算安静的话，这里简直是一潭死水。鸦雀无声。第6层位于监狱底部，只有一条长廊。我们把不愿意看到的人都关在这里，对此我一点也不自豪，但监狱里就是有一些人让你束手无策。倘若矫正疗法和常规约束对某些犯人不起效，唯一能做的也就只有将他们药倒，然后送到第6层来。我们将自己的失败一股脑儿地抛在了这里。

陪同的狱警唧喳作响，发出担忧的警报。我在平板上查询了一下，方才意识到问题出在哪儿。狱警尝试和本层的狱警联系，却发现根本没有其他狱警存在。大多数时候你都不会注意到它们，因为它们不是盘踞在墙壁内，就是在走廊里来回滑行，悄无声息却又行事高效。狱警是监狱的一部分，第6层没有安排人类守卫——只有狱警机器人。即便它们没有在巡视走廊，你也理所当然地认为会看见它们停靠在墙壁内。可这里什么都没有，没有一丝狱警的踪影。奇了怪了。我早已习惯了狱警的存在，将它们当成监狱设施的一部分，此时它们消失得无影无踪，顿时让我有些仓皇失措。

没有犯人的踪迹是一回事，但是狱警的集体蒸发则更为诡异。我看了下身后，确认自己带来的狱警是不是还在。它仍然在这儿，身后的走廊通向电梯。突然，这段路的尽头显得那么遥不可及。

紧接着，长廊末端的灯闪了一下，灭掉了。

我想都没想，立刻转过身，命令狱警前去调查。可当狱警滑离开后，我立刻就后悔了，但是我不能叫它回来，只能眼睁睁地看着它平稳地滑过走廊，听着它滑行时传出的轻微的嗡鸣。狱警进入了黑暗之中，但我仍然可以看见它的轮廓在移动，我还能听见响声。我真的看见它、听见它了吗？我眨眨眼，映入眼帘的只剩下黑暗。

此刻我只能靠自己了，我们正处于威胁当中。我开始呼叫援助，但是控制站没有任何回应。信号被掐断了。

我小心翼翼地摸索到一间牢房的门，门是开的，而里面空空如也。

我再次呼叫控制站，发送了表示犯人越狱的代码。情况变得愈发严重了，而且理论上说，我的紧急呼叫应该经核心转发器发送，无须复杂的通信过程。可即便如此，我仍然没有收到任何回复。

我又摸索到另一间牢房的门，此时，我脑中浮现出一个可怕的猜疑，这间牢房也是空的。我更加细致地察看了下周围，没有任何挣扎的迹象，也没有任何语气滑稽但却有用的纸条。

我继续察看另外三间牢房，全部空空如也。随后我返回到走廊上，这里只有我一个人，只回响着我的脚步声。

我再次打开了一间牢房的门，这是37号犯人的牢房。当然，也是空的。我在房间里四处打量。这间牢房空旷得有些反常，我似乎忽略了什么。于是，我开始努力思考问题到底出在哪儿。

我花了好一会儿才意识到，这里太整洁了，但不是那种有着良好生活习惯的人打理出的整洁。整个房间像是在居住者离开后才被人彻底打扫过一遍，同样也没有任何挣扎的迹象，似乎已经很久没有人住过了。37号犯人究竟消失多久了？我正在思索时，突然听见外面传来脚步声。什么东西或什么人正在走过来。

我的反应完全就像个胆小如鼠的男人，一个懦夫，没了半点典狱长的做派。我说过，我很累，这也是我唯一的借口。所有被吓破胆的人脑筋都转得飞快，于是我连忙悄悄地将房门拉上，蹲伏在门旁，远离窗口。我惶惶不安，就像是儿童游戏中忽然闯入了一个一本正经的成人对手。脚步声越来越近了。

我努力思考着反抗的办法。如果将门推开的话……呃，那样有用吗?我能否将门用作自卫武器呢?能不能用门将攻击者撞个猝不及防,然后趁机……

我默数着步子,脚步没有在任何一间牢房前面停下来。也就是说,十有八九不是冲我来的。外面的人不知道我在这儿。

脚步经过了我所在的房间,我大大地松了一口气。脚步却突然停住了。

然后,脚步开始往回走,站在了我的门外。

没办法了,要么我得想办法用门来自卫,要么就只能祈祷外面的人不是来找我的。

我深吸了一口气,浑身紧张起来,然后推了一下门。门既没有滑开,也没有猛地敞开,而是徐徐打开。这并不稀奇,因为所有的门都加装了防止开门过快的铰链。

一只手握住了门,然后将门推开。

有人站在了我面前,注视着房内。

我此刻已完全动弹不得。

我鼓起勇气抬起头,睁开眼,却看见……

站在我面前的是428号犯人。

"你好,典狱长。"他说,脸上挂着讥讽的冷笑,显然被我蜷缩在地板上的窘相给逗乐了。他的笑容极其尖酸,甚至都有些扭曲。"像您这样一位长官,蹲在这种地方算怎么回事呢?"

于是我决定向他发动攻击。

尽管被他目睹了最脆弱无助的一面，但我还是得给他点颜色看看。我毕竟接受过严格的钳制措施训练。

现在回想起来，我自认为当时还是给他来了个措手不及的。但说真的，我也不是很确定。我的突袭似乎让他有些喘不过气，就在拽着他摔向地面的半途中，我想起了和他发生过打斗的阿巴茜最后的下场，骤然觉得自己的做法也许并不明智。

"何必呢？" 428号说。

我们俩都躺在了地上，身子一半在牢房一半在外头。我用"制伏锁定"的姿势将他抱死，但事情却并没有朝我预料的方向发展。"何必呢？门框已经嵌到我背里去了，而且我觉得你的膝盖也受伤了。可能得擦点药才行。"

428号有一个特点，他永远闭不上他的臭嘴。这句话一下子把我惹毛了。我最讨厌这种不动声色却又自以为是的嘴脸。我曾经给妻子办了一个惊喜生日派对，我对一切都守口如瓶，她绝对、肯定不可能以任何方式知道——这一切是个惊喜。然而，就在我们走向家门口的路上，海伦不停地给我使眼色，脸上挂着的淡淡笑容告诉我，她早就知道前面等待她的是什么了。

就是这样，428号现在做的事和海伦如出一辙。他眼睛里闪烁着的微光好像在说："我知道你想要干什么，我知道发生了什么，完全没有啥惊喜，反正对我没用。"去他的。去他的428号。去他的博士。

随后我开始大吼大叫，我自认为没有必要把对他说的话全程录下来，不过话的中心思想无非就是我早已厌烦了他玩的这种游戏。我想知道他干了些什么，犯人们到底怎么了。

"说实话，我也想知道。"428号说。

我松开他，站起身，上气不接下气。428号也和我差不多。

我们就这么站着，警惕地看着对方。

"这里一定发生了很恶心的事情。"428号说着上下打量了一下走廊，"恶心，这是个专业术语。"他撞见了我的目光，于是举起了手，"对不起。"他说道，似乎很真诚，"如果你觉得我现在很烦人，你一定会更厌恶我年轻时候的样子。"

我向前一步，眉头微蹙。428号说的没错，我膝盖上的伤挺严重的。"那个……428号？"

"怎么了，长官？"

"这一片所有犯人全都消失不见了，狱警也是如此。他们究竟在哪儿？你对他们做了什么？我在这儿遇见的人只有你，所以觉得很可疑。"

"我在这儿遇见的人也只有你，岂不是同样可疑？"他说着眨了下眼，"彼此彼此。"

"我是这里的典狱长。"我说。

"一面之词。"428号说。

又是一阵令人不安的沉默。

"我就是典狱长。"我抗议道。

"是吗？也许你只是长得像他罢了。而且就算你是的话，陪同你的狱警在哪儿？"

我朝着黑暗的方向指去，"它去那边调查了……然后……再也没回来。"

"听我说。"428号说着，坐到了床上，"哪怕你是个能够易形的外星人，这个借口也着实太烂了点，明白吗？"他摊开手，"我特别容易轻信别人，很快就会为别人做无罪推定，看见没？以后学着点儿，挺有意思的。"

我也重重地坐到了床上，就坐在他旁边。"听着，为什么你要从牢房里出来？"说完，我忽然觉得自己的话中带有挑衅的意味，"为什么要触发警报？"

428号往后靠去，咂了咂舌，"一般情况下，我的行动都不怎么引人注意，不是吗？不过我觉得，可能我们两个都有点累了吧，而且那次警报持续了六分多钟。我之所以说六分多钟，是因为我不想强调实际上持续了六分三十九秒。通常而言，你会感觉到能源被重新分配去处理系统故障。你知道的，空气会变得有点黏，重力消失百分之零点三，继而消失百分之零点八……种种微小的迹象。但这次什么都没有，也就是说，在这次故障解除之前，系统完全无法查出到底出了什么岔子。所有系统有必要在后台好好修理一番。"

"什么意思?"

"要像我一样以这种恶劣的方式开门,必须要个像样的专家才行。你觉得是我触发了警报,不是吗?其实,系统的回路是被某种东西破坏的,然后它又有了作乱的新机会。"

"你是说……你逃出来是因为想要帮我忙?"

"没错。"428号坦承,"同时我也想散个步。"

"散个步……然后就散到了第6层?结果被我发现这里除了你,谁都不在?"

"是的。"博士说道,"我发现了诊断面板上的缺口,我在逃出来的路上绝对不可能侵入进去。如果你去查日志的话,就会发现在我离开牢房前,这里已经出现问题了。有东西把牢房的门全部打开,将所有的犯人都带走了,一个不剩。"

"除非,"我笑道,"你早就离开了牢房,而刺耳的警报声不过是为了给你自己制造不在场证据而已。"

"你还真是卑鄙。"428号点头道,"你就是这样想的,对吧?也许这就是你能当上典狱长,而我却只是一名囚犯的原因吧。"

"你在嘲笑我。"

"别胡思乱想了,长官。"428号站起了身子,"来吧,让我们看看这儿究竟发生了什么。"

就在此时,我们发现牢房的门已经上了锁。

可能是在我们打斗的时候，不小心将门撞关后锁上了。

"这下尴尬了。"博士暗自发笑，"被关进了自己的牢房，太尴尬了。"

我们俩都陷入了沉默。

我双臂抱胸，说道："那么，要不要给我展示下你是怎么出去的？怎么给门解锁的？"

428号扬起了一边的眉毛，"我可不愿将自己的秘密和盘托出。你不也一样吗？"

"我肯定不愿意。"

"这样吧，你转头看向其他地方……"

"不。"

远处传来撞击的声音，然后又响了一声，接着是回音。声音越来越近了。

"那是什么玩意儿？"我问。

428号瞥了我一眼，"这是你的监狱，你最清楚。那是门被一扇扇甩上的声音。"

"我明白，可声音是谁制造出来的？428号，你应该知道啊！"

"我也巴不得想知道呢。"

"好吧，看来我还是选择不知道为妙。"话音刚落，我立刻察觉到自己听上去简直就是个十足的懦夫。也许我真的是吧。

"听我说，428号——我们在这儿很安全。门已经上了锁。"

"真的吗？"428号似乎觉得很可笑，"不管那是什么玩意儿，极有可能在找我们。而如果那玩意儿发现这扇门是唯一上了锁的话……"

"啊，但一定有办法阻止那玩意儿闯进来。"

428号无视了我的存在，靠着门蹲坐下来。我又重复了一遍问题。

"我做的不就是这事儿吗？"他说话的时候似乎有些咬牙切齿，"但你肯定不会喜欢的。说真的，转过头别看，长官。"

"得了吧，你是不是有把备用钥匙啊？"

"闭嘴，我们没剩多少时间了。你听，那玩意儿过来了……"

一扇一扇的门砰砰作响，然后是弹开的声音。关门的声音越来越近了。接着，我们所在牢房对面传来三声巨响。接着……就什么都没有了。

"那玩意儿知道我们在这儿了，428号。"我低声说道。

"拜托，请叫我博士。"428号说，"在这种情况下，我想听到自己的名字，有助于我思考。你能不能再提几个显而易见的问题？这样也有好处。"

"好的……博士。那玩意儿知道我们在这儿了。"

"很好，还真是个棘手的问题。"428号承认道，"而且我没有任何办法阻止它闯进来。"

又传来三声巨响。牢门上出现了巨大的凹陷,门的铰链越来越弯。

"为什么会这样……"我感到很茫然,"为什么门没有打开?门把手明明就在另一边啊。"

"啊,是的。"428号站了起来,略显忐忑,"但是电磁铁在这边。"

"什么东西?"

他指着门把手上一块小小的金属物体,"这个,是我在手工车间做的。"

"你做了什么?"

"这小玩意儿在救我们的命,你没看出来吗?别这么忘恩负义。"

"你是怎么……"

门上又出现了三处凹痕,然后传来一阵猛烈的撕扯声。

"非得在这时候问吗?"

"我可不想死得不明不白。"

428号向我投来一个奇怪的眼神,"好吧。吃早饭的时候我从来都不喝粥,但我会留着勺子,因为它们是铁做的。然后,再从电流断路器上拆些铁丝,再从应急灯里拆个电池和其他零件,接下来就该好戏登场了。就是这个精巧的小玩意儿堵住了门锁。

我必须将……勺子的磁性两极掉个头。"

"很好。"我不由得有些敬佩。

"我曾干过这事儿。算是干过吧。"428号咳嗽了一声，"不过这不是重点。这玩意儿坚持不了多久，我们得另寻出路。快，快，有啥主意没？"

"没有。"

"你，你可是典狱长啊，这儿是你的地盘。"

"但我的地盘现在想要弄死我。"

"那你让它住手呗？"

"你一直都是这么惹人厌吗？"

"并没有，有时候我相当地讨人喜欢。"博士靠着房间的墙壁，满是倦意，和我差不多。

又传来了一声响亮的扭动，门从门槽里被慢慢地扯了出去，连带着一大块小行星墙壁也被撕扯了下来。几秒钟过后，一个巨大可怕的身影出现在阴影中，站到了我们面前，紧接着……

我在那一刻闭上了眼睛，并非因为我是个吓破了胆的懦夫，而是因为我真的已经精疲力竭了。我一直在跟你讲，我那天特别累，不仅没睡多久，还被噩梦所困扰。

我最后看到的画面是，428号站在我和那个不知道是什么东西的玩意儿中间，那玩意儿站在门外。尽管428号背对着我，但我还是感到他气势逼人，我知道他正盯着那玩意儿。

然后那玩意儿就走了。

事实上,真正发生的事情是,我闭上眼睛,等待死亡的降临。眼前闪过了我的一生,所有我做错了的事。我在那一刻得到了安宁。然而死亡却没有如期而至,于是我睁开眼,没有任何可怕生物的踪影,只有一块块在地面上震动着的金属门碎片。

428号转向我,微微舒了一口气,备感轻松。

"它走了……你瞪了它一眼,然后它就走了?"

428号考虑了片刻,否认道:"我的确很厉害,但也还没厉害到那种地步吧。"

"那是什么东西?"

"我也没啥头绪。"428号咧开嘴,顽皮地笑道,"出去看看吧。"

于是我们来到了走廊。我开始大声说起自己的猜测。

"莫非监狱里藏着外星生物?也许……它就在小行星上游荡?"

"好吧。"428号小心翼翼地在伸手不见五指的走廊上摸索着前进的道路,"想法不错,继续说下去。"

"可能它之前睡着了……在某个地方……在监狱里穿行……然后现在苏醒了,饥肠辘辘,这下我们算是把它给喂饱了。"

"它倒是挺爽的,是吧?哦,我困了,就找块坚硬的石头睡下吧。没准儿睡醒了，早餐自己就送上门了。我还想要点培根。"428号摇摇头，用手捋了捋头发。

"克拉拉人挺好的。"我刻意想要找点别的话题。

"对啊，她是挺好的。"428号若有所思了片刻，然后停下脚步，似乎有些警觉，"你见到她了吗？她在这儿干吗？"

"就她一个弱女子，只身一人站在停机坪抗议，要求我们释放你，还做了牌子。"

"她肯定能做到。"428号说道，而我竟然也情不自禁地点了点头。我们都笑了，是看着对方笑的。有那么一瞬间我在想，如果不考虑其他的话，428号一定已经是我的朋友了。

接着，我们听到了哭声。428号率先注意到的——在我还未弄清是怎么回事前，他就已经朝声音传来的方向跑去了。在一片阴影中，好像有东西在移动。是一个坐在轮椅上的人影，在那里哭。

在还没听到声音的时候，我就知道这是谁了。

"它不喜欢我。"声音恸哭道，"它过来只是为了其他人，但是一见着我就跑了。"

428号已经蹲在了可怜兮兮的人影旁边，"是什么东西干的？你怎么了？是它干的吗？你又是谁？"

我张开了嘴，声音在颤抖，"428号，这位是112号犯人：玛丽安·格洛伯斯。"

玛丽安·格洛伯斯是第一个试图从监狱逃脱的人。她成功逃到了停机坪，但再也没有走出更远。

"这就是你要告诉我的全部内容吗？"428号一脸惊恐地盯着坐在轮椅上痛哭流涕的人，"这些伤……"说完他凑近了一些，"这把椅子是不是用……"

"用一个狱警改造而成的。"我说完竟然呵呵笑了，真是荒唐可怕。"不好意思。"我说，"不好意思，真的。"428号仍旧怒视着我，我顿时感受到了刚才那玩意儿被他瞪着是什么感觉。

"我们别无选择。"我继续说道，"玛丽安……她的伤实在是太……"

"什么伤？到底发生了什么？"

玛丽安抬起头，当她开口说话时，嗓音微微嘶哑。她全身上下就剩嗓子能用了。"首先是热，然后又变冷了。"她全身发抖，但由于她的行动极为受限，只能在椅子里晃动。

我摇摇头，拍了拍她的手，轻声对她说："你做得很棒，玛丽安。"我的语气十分温和。

"我逃了。"她说，"我逃出来了吗？"

"是的，是的，当然了。你是自由身了。"

"真的吗?"她的头开始东摇西晃,然后挣扎着挤出一个难看的笑容,"我想也是。我喜欢你的声音,你是我的朋友吗?"

"当然是了。"我温柔地说,"永远都是。"

"太好了。"说完,她猛地将头转向428号犯人的方向。"一定要提防朋友!"她厉声说道,瞬间变得极为警惕和凶狠。"他们会背叛你,总是让你失望透顶。"

428号犯人瞪着我,"发生了什么事?"

玛丽安·格洛伯斯是第一个试图从监狱逃脱的人。她成功逃到了停机坪,但再也没有走出更远。

我们在走廊上摸索前进,428号推着玛丽安的轮椅。他其实没必要这样做,因为轮椅自己在滑动。428号无非是想找点事做,从而忽视我的存在而已。"那么,玛丽安,"他说,"你轮椅的电源仍然在工作,灯和狱警却全都断电了。"

"这些狱警现在失踪了。"我说。

"闭嘴吧。"428号说。

"别给我下命令——"

"闭嘴。"428号重复道。

于是,我们静静地继续向前走。

玛丽安开始唱歌,沙哑的嗓音在空荡荡的走廊中回荡:

一闪一闪亮晶晶，

满天都是小星星，

挂在天上放光明，

好像许多

……

她停了下来，但她早就改唱为念了。

"小眼睛。"她咯咯笑出声，继而又开始放声大哭。428号拍了拍她，轻轻抚摸着她所剩无几的头发，然后她便进入了梦乡。

玛丽安·格洛伯斯是第一个试图从监狱逃脱的人。她成功逃到了停机坪，但再也没有走出更远。

"好吧。"我的声音听起来十分沉重，"112号犯人逃到了停机坪，然后在那里等飞船来接，我们都没有注意到她不见了。要是没开灯，外面会变得特别冷。如果不想被摄像头拍到的话，在停机坪有两个地方可以等人。她选择了错误的那个，飞船降落时，发动机喷出的火会对准那里。"

428号继续轻抚着玛丽安，睡梦中的她发出呜呜的抽噎，像是回想起了那一幕。

"然后……"我的声音有些哽咽，"我们当时没有找到她，直到很久之后才找着。我们把灯关掉后会变得很冷,特别冷。我们真的是尽力了……"

很快,我们就绕着第6层走完了一圈。无论犯人、狱警,还是怪物,一概踪迹全无。我们只发现了玛丽安。刚才的那玩意儿早已销声匿迹。我们走到电梯口,428号举起勺子,勺子发出了一个声音。

"多动听的声音啊!"处于昏睡中的玛丽安咕哝道。

"是的。"428号说,"这是把音速勺子。我现在要用它打开这个盖板,取一点备用电力给电梯通上电。"只见盖板应声落地,然后428号将手伸了进去。电梯抖动了几下,门开了。

428号将玛丽安推进了电梯。

"这是要出去溜达一圈吗?"她问。

"没错。"他说,"我们带你去看医生。"

"医生?"她哧哧地笑了,"医生这个词真好听。"

"我也觉得[1]。"428号赞同道。

428号和玛丽安站在电梯里。我在门口停住了脚步。在我身后,空无一人的第6层仿佛在低声自言自语。空气闻来似乎有一股恶臭。一盏灯忽地闪了一下,然后又一盏灯开始闪烁。

---

1. 英语中,"医生"一词与"博士"一词都可以用"doctor"表示。

尽管没人让我进电梯，我还是抬脚走了进去。门随即关闭，电梯向上运行。

"我们尽力了。"我说，"但是，在外面躺那么长时间，承受那么大痛苦，实在是……所以我们……尽量……让她保持镇静。"

"你的确像是会那么做的人。"

"他是我的朋友。"玛丽安神情激动地告诉428号。

"闭嘴！"我喝止了她，"对你我真的尽了全力，真的。"

"当然。"428号对着曾经是玛丽安耳朵的位置低语道，"只不过有些人所谓的尽全力也不过如此，对吧？"

接下来，我们没有再说话。

电梯门开了。本特利与一群守卫和狱警在门外等着。

"典狱长！"她显得颇为惊讶，"你没事吧，怎么了？"

428号想要说话，却被本特利一拳击中倒在地上，大口喘着气。

"我……我……"有意思的是，有时候当你听到自己的声音时，你会想：我怎么听上去是这个样子的？别人怎么能忍受得了？所有人都看着我，我此刻很虚弱，步履踉跄。但我清楚绝不能暴露自己脆弱的一面——尤其是不能在本特利面前。我不希望得到任何人的怜悯。于是我连忙站直了身子开始说话，我听到的

105

自己的声音十分妥帖，并且强而有力。那是一种命令的声音，来自典狱长的声音：

"我去了第6层，电力故障导致所有牢房门全开了。我到达的时候只遇见了428号，没见到其他任何犯人。唯一的目击者，或者说幸存者，是112号。我建议在她恢复说话能力前，对她实施保护性监禁。另外，有必要的话，给她用点止疼药，让她保持头脑清醒。"

我听到428号气喘吁吁地发出抗议，但马上就被本特利手下的一名守卫再次击倒。于是，我继续说道：

"我什么都没看见。"说话时，我确定自己没有结巴，"下面有某种东西，或许与428号是一伙的，或许只是全息图或类似的东西……"我发现自己此时特别滑稽可笑，但我仍然继续说着，"是一种他设计出用来迷惑我们的东西。我认为428号应转移到严密监控的牢房，并对他进行审问。他可能与这次电力故障有关，也是第6层所有犯人神秘失踪事件的唯一嫌疑人。"

我看见428号默不作声地怒视着我，但我无动于衷。"我得去写报告了。"我边说边揉着眼睛，"我就在自己房里写吧，我懒得看你们审问他了——我很累，累得不行。哦对了，记得搜428号的身，他揣了把勺子。"

7

女孩来到了停机坪,我没有理会。

第二天,女孩再次回到了停机坪。这次,她带来了一块古老的白板,上面用笔写着:"我是探视者。难道你们不应该按规定接见我一次吗?"

"真不知道她葫芦里卖的什么药。"我说。

本特利耸耸肩,"她完全可以在板子上写下煽动性的话语。"

"这有什么值得担心的?"我问。

"她是428号的熟人。"克拉拉开始在白板上刻下一些神秘的符号,似乎想刻意证明自己和428号是一路人。其实我本可以当她在胡言乱语,不予理睬……可万一那是某种加了密的电脑病毒呢,比如摄像头在拍摄后就会被入侵,那该如何是好?也许这可以触发电力故障,而且她没准儿还在给428号的共犯传递指令。

于是我走了出去,和她见面。

"来啦!你好!"我出现在停机坪后,她笑容满面地朝我打招呼。她伸出一只手,结果触碰到了电场,连忙缩了回去。"怎么不告诉我这里有电?"

"你早就知道的,克拉拉。"我很不在状态,"你画的那些是密码吗?"

"只是画圈打叉游戏而已。"她敲了敲板子,"想玩儿吗?"

"你确定不是……"我接下来想要说的话是"什么外星电脑病毒吗?",然而这个念头很快烟消云散。"算了,没什么。"

"你是这里的典狱长吗?"她问。

"你早就知道我是谁了。"

"那么,如果有人第一次来探视的话,你应该是需要出来接待的,对吧?"

"可你已经来过三回了。"我有点不耐烦。

"哦哦哦。"她叹口气,"不好意思。"说着,她走向拐角处。我听见她在那儿冲着什么大喊大叫,又踢着木头做的什么东西。然后她回来了。"对不起。"她说,"刚才我跟我的交通工具发生了点小小的争执。"她耸耸肩,"就让我们来假装我是一名时间旅行者吧。"

"这并不比假装认为你是约旦女王难。"

"你说什么?"她起先有些不解,紧接着便释然了,"是这样的,我现在假装成一名时间旅行者,装作这是我们的第一次见面,其实是为了骗你和我见第二次面——"

"是第四次。"

"这么说——还是奏效了,对吧?"她说着鼓起了掌,"我真高兴!"

"你表演过头了。"我说。

"有一点点吧。"她承认道,"在我倒霉的那些日子里,凯蒂·佩里[1]还在想到底是谁抢了她的风头呢。"

"你扯哪儿去了?我忙着呢。"

"我也忙着呢。"她说,"忙着适应我此前已经和你见过三次面的事实,而且我还要给2B班上美术课,得给他们布置作业。有什么建议吗?"

"做块牌子。"我说,"写上'释放博士'。"

"你开玩笑呢?这有用吗?"她满怀希望地问道。

"可能吧。"我说。

"那行,我会考虑的。"她严肃地说,"听着,你能帮我一个忙吗?是关于博士的生日——"

---

1. 美国著名流行女歌手、演员,词曲创作人,1984年10月25日出生于加州,演出风格艳丽夸张,戏剧效果十足。

"真的吗?"

"假的,不过我们先假装是真的吧。"她笑道,"我给他带了份礼物。"

"犯人一律不得接受礼物。"

"可是他都两千多岁了,好吧,说过头了。可谁知道他还有多少个生日可过呢。稍等。"说完,她走向了角落。通往她那艘看不见的太空飞船的门打开了,像木门一样嘎吱作响。随后她走了回来,手捧一个精心装点的蛋糕。"当当!"她把蛋糕放在石头上,"情况原本会更糟,因为我最初打算做杯子蛋糕,那绝对会让人不忍直视的。另外,我觉得做蛋糕有点难,所以就把鸡蛋全部打到一个搅拌盆里,然后直接做出了一个大蛋糕。"

"就是这个大得丝毫不会令人怀疑的蛋糕吗?"

"正是。"

"里头藏什么了?"

"啥都没有。"她郑重其事地摇摇头,"不能坏了女童子军的规定。尽管我没当过童子军,但我手底下有当童子军的孩子,而且还听过他们讨论怎么生火。所以我也算是个童子军吧。"

"回到蛋糕上。"我说,"你想让我收下蛋糕,然后送给你的朋友?"

"是的。"她说。

"蜡烛真有意思。"我说。

我们同时观察着蛋糕。

"哦。"她说,"我说过,他已经两千多岁了,真要点那么多蜡烛还不得起火啊?所以我就用了个特大的特制蜡烛。"

"金属做的,而且还发光。"

"对呀!"她鼓起了掌,"漂亮吗?"

我朝围栏靠去,"真有意思。你朋友刚进监狱的时候,携带的物品中有个东西和这个很像。"

"真的吗?"她摆出一脸纯真的模样。

"最近,他还给自己做了一个可以开门的工具。那东西发出的声音和这个蜡烛也特别像。"

"是吗?"她瞪大了双眼,眼神中全是天真,"他是个特聪明的人。那是什么工具?"

"一把勺子。"

"哇,没开玩笑吧,一把勺子?"克拉拉咯咯笑了,"我每次来见你的时候都会这么有趣吗?"

"差不多吧。偶尔会。"

"那也挺不错的,看来我以后必须常来了。"她说,"不过,我还是想问——你确定这蛋糕送不了吗?"

"十分确定,说什么都没用。"

"那好吧。"克拉拉叹气道,"我只能把它给丹尼了,就说因为他人好所以送给他的。他肯定会喜欢。"

我突然觉得……对这个丹尼……有点嫉妒。

她给我来了个假模假式的敬礼,"行了,我得走了。希望能早点再见。替我向博士问好。我很羡慕他,他似乎过得很惬意啊。"

428号犯人最近不怎么配合,但是监狱从不会使用酷刑,也绝不容忍酷刑。《监狱管理守则》严禁严刑拷问,甚至规定了专门的安全施力点。总之,任何酷刑都是被禁止的。

428号正在接受强制锻炼。我没有注意他有点跛,胳膊端着,也没注意到他的表情,我纯粹只是出于好奇地盯着摄像的画面。他没有给本特利和她的团队提供任何有价值的信息。我也不指望他知道更多的内幕。

我看着他在四面光秃秃的墙壁围成的隔离锻炼牢房里来回踱步。那是个空荡荡的正方形区域,在牢房犯人均匀的步伐下,房间的石制地板几乎磨成了粉末。428号走得很慢、很稳。他的左腿稍稍有些不灵活。"高兴了吗?"他说,但似乎没谁能听到。

随着镇静剂渐渐失效,玛丽安从昏睡中苏醒了过来。但她仍然帮不上什么忙。显然,她并没有看到任何东西。她说自己听到了什么,却总说那只是尖叫而已,撕心裂肺的尖叫,然后她就开始哭泣。我们只得再一次将她药倒,只不过这次的剂量大很多。

112

于是有人开始质疑,是否还要再让她从昏迷中苏醒过来。她的情况一直在恶化。她躺下的时候,我握着她的手。她先是紧紧地捏着,然后慢慢地松开了,仿佛正渐渐地离我远去。

"你是我的朋友。"她虚弱地说道。我只觉得内心一阵空虚。

"你知道,这样只是在浪费所有人的时间而已。"

428号的声音把我从沉思中唤醒。他没有盯着摄像头,只是看着牢房外,然后大声地自言自语。

"典狱长心里很清楚,我对第6层的遭遇一无所知。我特别愿意帮忙,真的,要不然就太晚了。而且,如果你能让我从这儿出去的话,我就……嗨,还是算了。"他的语气有些埋怨,"有一点我可以告诉你,这座监狱存在很大的问题。我听人提起过系统故障的事情,我也经历过。情况正在一天天地变糟,不是么?而我一天到晚都被关在这里头。顺便说一下,我不是在威胁你们,但我想说,你越早让我出去,我就能越早帮你搞定这个问题,还能救人性命。救人我可是行家。"

太可恶了,我嫌恶地摇摇头。根据档案来看,他根本就是言行完全不一的家伙。他的档案是这么说的。被送来这里的人没有一个是被冤枉的,而他坚持假装英勇的举动反而更让人恼怒。我知道在审问期间,本特利已经给他看过记录他本人罪行的文件,而他只是笑而不语，而且还当着本特利的面在笑。每每想到这一点，我都不寒而栗。

428号犯人继续在牢房里走来走去，然后他靠着墙，叹了口气，长长的叹息似乎是在承认失败。

当他再次开口说话时，声音软化了不少："我出不去，她进不来。时间所剩无几了。我必须要救他们。"说完他闭上了眼。428号曾经告诉我他不需要睡觉，但他忽然显得身心交瘁。

此时，墙壁开始脱落，狱警机器人从停泊站里现身，它们的动作从未如此悄无声息。一共四个机器人，聚拢在428号的周围，而后者警惕地看着它们。

"哦，终于要动手了，是吗？"他说着，开始围着狱警绕圈，寻找脱逃路线，但他已无处可逃。狱警修长的圆筒突然张开，伸出了触角。锋利的触角。

我本能地闪过一阵欣喜的战栗。很好，我想。给他点苦头尝尝，是时候为你所犯之罪付出代价了，428号。

狱警们开始包围逼近428号。其中一个抬手一挥，428号向后一个踉跄，刀锋划过他的脸庞和袖口。

"终于露出真面目了。"428号双臂抱胸，脸色阴沉，躲避着狱警的攻击。狱警将他团团围住，我已经看不见他了，但还能听见他的叫喊声。

"现在终于露出你的真面目了，典狱长，你根本就不值得我来拯救。"

"这不公平!"我在办公室大声喝道,没人能听见。目前的局面跟我所预料的很不一样。我站着,给控制站打电话。我必须阻止这一切,可没人接听我的电话,一个人都没有。

屏幕上,狱警们再次朝着428号逼去。

我一路跑到了控制站,但控制站所有人都宣称自己对现在所发生的事情毫不知情。我粗暴地命令他们关闭狱警,但狱警却没有对命令做出任何反应。至少,负责值班的人是这样告诉我的。

于是我跑下楼,来到了牢房。作为典狱长,我几乎有权打开监狱里所有房间的门。现在的情况太过火了,监狱里绝不允许出现任何酷刑或是暴力惩罚。

我知道本特利在后面跟着我,一路大呼小叫,而她本不该对我高声说话的。我听到了牢房里传来的叫喊。牢房门识别出我的掌纹后就会打开。

可结果恰恰相反。霎时间警铃大作。

出现了电力故障。

本特利露出一脸满意的神色,"428号被攻击后,立马就出现了电力故障。巧得很啊。看来我的猜想是对的。"

"你——是你授权的吗?里面到底发生了什么?"我顿时火冒三丈,高声质问她。

本特利的目光投向正前方,声音冰冷:"我也不知道发生了什么,典狱长。"

"我不相信。"我说,"赶紧把门打开。"

本特利掏出一把钥匙手动开门,这可能会费点时间,但我们还有六分多钟。

牢房里阒寂无声,我本以为会看到428号凄惨的尸体。我以为自己只可能看见这样的场景。如果我刚刚没有通过摄像头监视428号呢?如果监控录像由于某种神秘的原因损毁了呢?那么我们本来要做的,就只是处理428号残缺不全的尸体。

可这里根本没有尸体,只剩下四个被关闭了的狱警,它们已被破坏殆尽。

莫非428号再一次骗过我们,顺利逃走了?

一个停泊站的密封门开启了,428号摇摇晃晃地走了出来。他看上去糟透了,但至少还活着。

"说来话长。"他咧嘴一笑,"真是倒霉,但总算还活着。我打不开门,不过幸好能钻进停泊站里头。挺好的藏身之处,然后这四台家伙就开始相互殴打,将对方砸得稀烂。"

"这……我完全不知情……不应该发生这样的事。"

"很显然,系统故障影响了它们的程序。"本特利冷冰冰地说道,"是场事故。"

众目睽睽下,428号举起一只手,打了个哈欠。

新的警铃响了起来,电力故障已经演变成了全面系统故障。

"既然这样,那好吧。"428号愤愤地说,"又出现电力故障了?我们一道去看看吧,怎么样?"

428号站在控制站里,在各种面板之间来回穿梭,不耐烦地从各个狱警身下穿过或是身旁绕过。我们到达的时候,系统故障时间已经超过了一分钟。

"据我估计,到七分钟的时候情况会变得极其危险,你必须逐步关闭各个系统。"

他对情况的熟悉令我颇为吃惊。

但本特利却不这样觉得,"你对这里的了解实在有些太快了,难免让人起疑。"

428号点点头,"我也这样认为。"显然他并不关心本特利的想法。

我能察觉出他们两人之间剑拔弩张的火药味儿。在理想情况下,我早就给他关禁闭了,然后让人严密监控本特利,等候对她的调查。但现在却没有时间这么做。

这一回,情况已经完全失控。

428号后退几步。显然,他已经完成了对控制站的检查。

"这次本特利说对了。"他说,"没有任何反应,不知道有没有什么可以拖延的方法——多争取些时间。"

"把第7层弹射出去。"我告诉他。

"第7层是什么？"

"我不太想讨论这个话题。"我承认道，我很清楚本特利也在看着我。无论我现在说什么，以后一定会被再度谈起。在她面前，我永远说不对话。

"看得出来，你不是很想谈及此事，典狱长。但你现在麻烦很大。"

"第7层是监狱中自给自足的一个区域，相当于一个巨大的货物箱。"

"原来如此。那它都用来做什么呢？"

"储存。"

"储存什么？"

我感到很不自在，"我的工作……我的工作就是确保监狱的安全运转。在大部分情况下，第7层都不属于我的管辖范围。"

"可你清楚那里的情况吧？"

"这在我的职权范围之外。"

"听我说。"428号用手指敲了敲自己的牙齿，"在第二次世界大战结束后，达豪集中营附近的村民也是这么说的，他们根本不知道家门口有什么死亡集中营，一问三不知，所有人都瞪大眼睛，满脸的疑惑不解。一位美国将军不怎么相信村民的话，但他也差点被说服了。那个村庄距离集中营仅几步之遥，可那里看上去却是那么的普通、安宁，一片祥和。最后，将军想起村子里没有人愿意在外头晾晒衣服，因为他们说外面有很重的味道。"

"你想表达什么？"

"第7层弥漫着恶臭，对此你心知肚明。"

"这事儿不归我管。"

428号发出厌恶的声音："你只是在遵守《监狱管理守则》罢了。"他对我怒目而视。

"我要给第7层的长官打个电话，我管他叫神棍。"

我用平板电脑给神棍拨打电话。神棍正紧盯着屏幕，看到我之后，他鼓起的眼睛中满是愉悦，兴奋地来回摆动着手指。

"哦！是典狱长啊，您怎么打电话来了？我早就料到了，这位是……哦当然啦，这位肯定就是4！2！8号犯人！太棒了！我好想说太令我意外了，但是我早就预料到你们会打电话过来，我应该，呃，我觉得我必须用太棒了来形容才恰当。"

428号头一次说不出话来。他瞟了我一眼，问道："他这是什么毛病？"

而神棍仍然在唠叨着："见到你真是太棒了，428号。有什么可以效劳的吗？"他一边说着，一边用手指噼噼啪啪地戳着屏幕，留下油腻腻的指印。

428号好像有一肚子的问题要问，我连忙打断他。428号有很

119

多长处，但他在交际方面十分低能。与神棍打交道，务必小心谨慎，否则就会像传言中他的犯人一样痛苦。"神棍，"我说，"最近这次出现的电力枯竭情况特别危险，控制站已经快要……呃，出现连锁失效反应了。我们准备将你那层弹射出去，这样你就能发射信号，这样……你的犯人也许还有一丝存活的机会。"

神棍露出了笑容，手指交叉慢慢地摩挲着，"哦，当然了，当然。我去告诉孩子们一声，他们一定会很高兴的！旅行呢！谁不喜欢郊游呢？"他皱起眉头，肥猪似的眼睛眯了起来，炭黑的眼珠闪现着星星点点的光。"可是天气很糟糕，这我知道，太遗憾了。"他不赞同地摆动起手指，"我看见了一片茫茫的淡紫色。"

"孩子们？"428号忧虑地低声咕哝道。

我点点头。

"你们还把孩子关在监狱里？"

神棍突然抬起头，"我告诉过你，他肯定会不高兴的，更何况他现在已经讨厌我了。果真是个有品位、有眼力的男人！哈哈。"说着他俯身凑向平板，整个屏幕都被他的笑容和手给塞满了。"是的，428号，我这个小小的货箱里住满了异见人士的孩子。那些人在母星系上可能不是很受待见……但是还没到需要被送到这里来的地步。如果那些家伙知道自己的孩子在这里成了人质的话，会变得乖巧忠心的。我的这些货物可是价值连城……

而且，正如我刚才所说，他们也一定巴不得要出去郊游呢。"说完，他拍起手，哈哈地笑了起来。

这番话真是恶心至极，但是对428号却很有效。

"弹射第7层是个好主意，让他们离开这里。"说着，他转向了我，"这事儿还没完。"

我注意到428号再次摆出了一副领导姿态，对此我并不在意。

我差点脱口而出，说"按他说的做"，但我知道本特利一定会抗议的。于是，我调出了操作示意图，自己启动了弹射程序。

狱警们颤抖起来，本特利哼了一声表示同意。接着，所有人开始行动，第7层随即被启动。

第7层被启动了。

神棍的脸出现在屏幕上，"哦，亲爱的，多么壮观啊。我不是告诉过你天气不好吗？我们根本没动弹。"

本特利扫了一眼显示面板，"系统剩余能源不足以启动自动弹射程序。"

"不过……"神棍咧嘴笑道，"我自己配备了发动机，倒不如直接启动我那台暖和舒适的小小'巴克斯特推动器'，意下如何？"他说话的时候，特意用手指给巴克斯特推动器几个字安上了引号，真希望他别这么做。

"但钳夹没有解除就不行。"我告诉他说，"那样做，会把第7层撕成两半的。"

"哦,我倒是没想到这一点。"神棍将手指放到了鼻子下方,"不过我知道你肯定能想出其他巧妙的办法,就在千钧一发之际想出一个更好的主意。"他靠在椅子上,面带笑容,等待着我的回复。

"我已经想出办法来了。"428号朝门边跑去,"我去手动解除钳夹。"

一个狱警挡住了他的去路。

"让这家伙滚开!"428号呵斥道。

"他可是名犯人,长官。"本特利迅速移身过去,她的低语被持续不断的刺耳警报声所淹没。她只是想帮我把事情处理得简单些,什么都不做,遵守《监狱管理守则》就好,别操心其他的。我们曾经尝试过这么做,可还是发生了这样的事。管他的呢,现在大家都快要一起玩儿完了,没人能因此怪罪我们。

这一次,在我开口说话前,428号甚至都没来得及转过身。

"狱警,退下去。428号犯人正在处理一件已由典狱长授权的任务。"狱警犹豫了,对此我不甚习惯。"我重复一遍,他已经得到了典狱长授权。让他过去,不,你跟他走,去协助他。"

狱警处理了我的信息后,让到一旁,伸出了触手。我相信它们的本意是想要帮忙,但看上去却令人生畏。

"棒极了。"428号警惕地看着它们,"如果你同意的话,我更愿意独自前去。"

我本可以回到办公室观察他的行动,但是我留在了控制站,和所有人一起密切关注着大屏幕上的情况。我们可以利用一个又一个窗口摄像头追踪奔跑中的428号。只见他一路奔驰,穿过整座监狱。有人在屏幕上点开了一个计时的窗口。428号边跑边一路高声喊叫。看起来他的肺活量不错,或者说他已经习惯了在高速奔跑的同时发号施令。

"这不是命令,我知道你不喜欢用这个词,所以算是请求吧。我会尽我所能将第7层弹射出去,我也希望你能够考虑……就是考虑一下……能够在第7层离开前,让尽可能多的犯人进去,因为我们要把它变成救生筏。我觉得,不管人们做过什么,都应该给他们生的希望,你觉得呢?但这只是我的建议,连暗示都算不上。"

他忽地停下脚步,钻进一间手工车间,在里面歇了歇气,取出一把扳手和一支焊枪。

"我需要这些工具。"他说着,并没转身看摄像头,而是翻箱倒柜,将东西往口袋里塞。"你能不能把这些东西上的安全码解除?我可不想触发更多的警报,搞得我像个顺手牵羊的大妈一样在一旁傻站着。"他说着转过身,露出魅力十足的笑容。

本特利看着我,我随即点点头,车间门口的安全屏障随即解除了。

"太好了。"428号说完，取来一辆手推车，"这么看来，本次超市大扫荡的冠军非我莫属了。"说着他便冲了出去，推着一辆反重力手推车，里面塞满匆忙放进去的工具，丁零当啷地顺着楼梯往下奔去。

一分半钟后，他抵达了第7层。其他摄像头显示，本特利手下的守卫正将犯人聚在一起领向第7层。我原本还希望能够和她讨论一番的（不过可能得提高点儿嗓门）。

"我觉得这么做是对的。"我当时这么说道。

"这是你的命令吗，典狱长？"本特利问道。我很想听出她的语气，但她听上去很平静，那种刻意保持的平静。

我颔首道："当然，如果有守卫也想去的话，尽可能地允许他们进去。"

本特利咳嗽道："刚才我说我们愿意留下的时候，我相信自己能够代表所有的守卫。我们愿意留下来，试试看能否解决目前的困境，并协助那些无法自己进入第7层的犯人。"

"你们的行为很高尚。"我对本特利说，"但是，很显然，若有任何守卫认为……总之，看你们自己的选择吧。"

有人在点头，但是却没有一个人看着我。我认为他们都在纠结究竟应该选择活下去，还是留在这里牺牲。而这样的生死抉择，本就取决于个人。

终于，一只摄像头捕捉到了428号犯人。他瘦长的身影挤进了一条维修通道中（我想破头也弄不明白他到底是怎么挤进去的），里面环绕着各种各样的管道。随后，他走到了四块突起物旁，它们周围环绕着各式各样的通风口与格栅。

"如果我没记错的话，这里应该就是释放钳夹的位置。不知道那些小宝贝长啥样。"他连续敲打了四个物体，在我看来，它们的确像极了钳夹。"没错，已经断电了。不过难不倒我。"他挥起一根杠杆。"阿基米德曾经对我说，如果我给他一根足够长的杠杆，他就能撬动整个世界。"说着，他把杠杆抛到肩后。"不幸的是，这回杠杆派不上用场。"

他俯身到地面上，像个象棋大师似的开始沉思如何对付钳夹，随后他取出了焊枪。"我得把金属部分软化一些，接下来的工作就会很高效了。"

说完，他立马投入了工作，将焊枪的强度调至最高，火舌随即向金属喷洒而去。看得出温度极高，就连周边各类管道表面的镀层都开始闷烧，整个屏幕很快被浓烟覆盖。

428号全程都在安静地工作，只是时不时咳嗽两声。接着，他站起来，拿起了杠杆。"这活儿很像在烹制焦糖布丁。下次你见到克拉拉的时候，呃，不如和她聊聊烹饪吧？"

他是在和我说话。

"因为……"他说着,开始用杠杆去撬底下的一只钳夹,果然,钳夹像拔丝棉花糖那么柔软。"不聊烹饪的话,我特别害怕你们之间的对话会陷入尴尬。哦,有了有了,这个搞定了。"接着他转移到了第二个钳夹旁,"跟你那个古怪的神棍说一声,让他收敛点,准备好启动他的巴克斯特推动器。巧的是,我现在正站在这上面。难怪这里有这么多格栅,我不知道你好不好奇,但我可以肯定地告诉你,我对此特别好奇。我基本上相当于站在一个硕大的带辐射的高压锅上。啊哈,第二个搞定。"428号往后仰去,身体略有些晃荡。"古希腊神伏尔甘在火山底下冶炼的金属是他最棒的作品,但是我跟你说,健康与安全执行局绝对会气势汹汹地盯上他……嗯,已经有点儿烧煳的味儿了。"屏幕上的画面有些模糊,管道中浓烟密布。

428号开始着手解除第三只钳夹。"我感觉他已经启动了推动器,但愿你的神棍是个乖宝宝,别在我干完活儿之前就点火。无缘无故被烧成灰可不是什么好事。"

听到这些话,本特利开始和别人激烈地交谈。我可以看到通往第7层的门已经紧闭,整座监狱的电力水平降到了岌岌可危的程度。空气变得越来越沉闷,我感觉嗓子眼儿发痒,也开始对428号的糟糕处境心生同情。

"老实说吧,"428号说,"我不大可能活着出去了,你们也早就猜出来了。我是个聪明人，所以——就让焊枪继续喷吧，虽然没多大用，但此时也没什么可做的了——没关系，等这只钳夹被解除后，20秒的时间内，整条走廊就会被巴克斯特推动器的火舌所吞噬。在20.000001秒后，我连灰都不会剩下，甚至我肚子里难吃的监狱食物也无法幸存。就这样吧。"

我很清楚他想干吗，他准备牺牲自己以拯救所有进入第7层的人，去弥补——不，应该说是向那些被他杀死的人谢罪。

第三只钳夹总算被卸下了，随即响起了一阵新的警报声。

"嗯嗯，火警，太讽刺了。"428号笑嘻嘻地说道，"总之，我还有一个最后的请求。真的，好好想想你是在为谁工作？你有没有努力或是有没有做好都无所谓，但是他们在做好事吗？"最后一只钳夹终于屈服了，428号趴到地面上，精疲力竭，喘不过气来。

"一切就绪，没多少时间了。通知神棍出发吧。"

本特利通知了神棍。随着巴克斯特推动器的点火，整座控制站都在颤抖。通常情况下，反重力装置会对颠簸起到一定缓冲作用，但很显然此时已经完全失效了。

428号坐在地板上，微微喘着气。透过弥散在管道中的烟雾，我隐约看见他朝我挥了挥手。

"不管怎么说，"他疲困的声音透着些慌乱，"就当作这是我最后一次越狱吧，典狱长。"

"好的。"我笑道,"谢谢你,博士。"

他点点头。

浓烟和火焰充斥了整个屏幕,只听见尖锐的警报哀鸣。

一声爆炸之后,第7层被抛射而出,整颗小行星再次为之颤动。小规模的爆炸后,紧接着又是一次巨大的爆炸。所有人都在控制站里注视着屏幕中的第7层离我们渐行渐远。不能说所有人,因为我一直在看着428号的脸——它是那么平静——直至摄像头被火焰吞没,画面变红然后变黑。

接着,画面又变成了灰白。已然没什么可看的了,于是我转而将目光投向其他人正在看的地方。第7层正在加大马力远离监狱,他们只配备了一台巴克斯特推动器,很可能并不足以支撑他们抵达其他殖民地,甚至都无法抵达其他殖民地的营救范围内,但无论如何,至少上面的所有人仍存有一线生机。

相反,我们连一线希望都已不复存在。在短暂的欢呼后,我明显感觉到最初的兴奋情绪已经过去。系统故障依旧存在。我们这才想起自己是被留下的人,被困在这颗残缺的死亡之石上面。

我不由得想到,如果428号还活着,且不论他过去如何,至少他知道接下来该怎么做。

在所有人的注视下,第7层掉转方向开始加速,穿过互通网的通信环,穿过人工重力的平衡环,朝着用于抵抗入侵者的防护阵列驶去。多么具有象征意义的离别啊。随着第7层缓慢穿过一层层设施，我方才切身感受到我们是真的被他们抛在了身后。

我马上就要死在这颗小行星上了。但至少我们做到了，我们给了他们生的希望。

就在此时，防护阵列启动，将第7层轰成了齑粉。

8

被关在自己监狱里的感觉很奇怪。

我拜访过很多囚犯,和他们有过交谈,并监视他们以确保所有人都能循规蹈矩。但我从未想过自己会被关进来。

牢房很小,床铺很短很硬,特别不舒服。毯子的长度和厚度刚刚比合适的长度和厚度差了那么一点点。枕头活像是在硬纸板上剪下来的,只不过稍大一些。

牢房里的一切都缺乏色彩。尽管当你拿起其中每一个物件端详后,会发现它们其实是有颜色的,可所有物件凑到一块儿后,便相互抵消了。

唯一有颜色的东西是我身上的橙色囚服。即便如此,衣服依然污秽不堪、枯燥乏味,唯一的作用就是证明我是个有罪之人。

而我也的确认为自己是有罪之人。

我们就这样站着,目睹第7层在我们眼皮底下爆炸。然后过去了很长时间。

极度震惊中，有人哭喊了一声。在那之后，直到我听当时的录音时，我才意识到哭喊出声的人是我——录音中第一个发声的人就是我……当时的录音是这样的：

本特利：典狱长？

我：怎么了？

本特利：典——对不起——典狱长，长官，我必须……将你正式……

我：明白，你最好这么做，我也是这样想的。

本特利：典狱长，我必须将你正式逮捕，然后对你展开调查，关于……关于……

我：关于这场屠杀。你是想这么说，对吧？

本特利：关于第7层人员的死亡事件。

我：是的，是的。我很抱歉，很抱歉。我都干了些什么？全是我的错。

本特利：典狱长，我有责任告知你，所有记录……

我：我明白，我明白。我很抱歉。我可以坐下来吗？

本特利：恐怕不能，典狱长。需不需要我为你安排律师？

我：我觉得你最好还是别再管我叫典狱长了。

本特利：好的，长官。狱警，将被告押入拘留室。我们……我们现在有很多空房间。

牢房里没有显示出一丝最近这里曾有人住过的痕迹。狱警已将这里彻底打扫了一遍，可即便如此，对我而言也毫无安慰。在这狭窄的一隅，仍旧残余着上一个囚犯的绝望与无助，恐怕已容纳不下我的绝望了。

时不时地，会有狱警过来将我带走接受质询。我已经失去了时间概念。我到底是被关了几分钟还是几天呢？一切似乎都变得毫无意义。我注意到灯光暗淡了，空气愈发沉闷。我询问他们是否修复了系统故障，但没人回答我。根本没人承认我的存在，毕竟我不再是典狱长了。

拉夫卡迪欧是留下来的犯人之一，他曾经是某大学的法律系主任。我要求他当我的律师，于是他被带到了问询室。自从图书馆失火以来，他的嗓音一直都有些沙哑。他刚刚从医务室里出来。

按照法律要求，被告与其律师之间的对话可以不必录音。以下便是对话内容：

我：感谢你能过来，拉夫卡迪欧。

拉夫卡迪欧：请叫我317号，典狱长。

我：我已经不再是典狱长了。

拉夫卡迪欧：我明白。

我：你可以称呼我的真名，我已经很久都没听人叫过了。

拉夫卡迪欧：就这样称呼也挺好，长官。

我：你知道我为什么被控告吗？

拉夫卡迪欧：因为你对第7层的毁灭及其内部人员的死亡负有一定责任。

我：太可怕了……我是说，连想都不敢想……这是428号的主意……

拉夫卡迪欧：你想让428号对此负责吗？

我：不，不，当然不是。只是……总之，我很抱歉。对于所发生的一切，我万分抱歉。可我只是在尽本分，你应该明白吧？

拉夫卡迪欧：我明白你只是想说服自己而已。

我：我们必须把这事儿查清楚，你和我，我们两个，好吗？控制站遭受了重创，但428号是对的，监狱里还存在其他隐患。本特利让我在事情水落石出之前回避再正确不过了，可我们必须立即着手调查，这样我就能集中精力找出问题究竟出在哪儿。

拉夫卡迪欧：我明白了。即便发生了这一切，你仍然想继续保住典狱长的位置？你觉得这么做是对的吗？

我：呃，理想状况下，当然是不对的。可监狱离不开典狱长，尤其是此时此刻。

拉夫卡迪欧：所以就非你莫属咯？

我：呃……是的。是的，所以我才需要你来当我的律师。你可以帮我的忙，不是吗？

拉夫卡迪欧：不好意思，长官。我必须拒绝你。

我：什么？

拉夫卡迪欧：我必须拒绝你。

我：可是……你应该明白。我是说，这一切是一场事故。不应该怪罪到我头上，我没有罪。我需要你。

拉夫卡迪欧：随你怎么说。

我：可是……可是，拉夫卡迪欧——

拉夫卡迪欧：请叫我317号。

我：好吧，该死的，317号。317号，我们还算是朋友，对吗？

拉夫卡迪欧：朋友？

我：对呀！

拉夫卡迪欧：在我看来，博士才是我的朋友。祝你今天愉快。

我：拉夫卡迪欧！

【拉夫卡迪欧站起了身。】

我：对于发生的一切，我向你道歉。对于你的书，我也感到很抱歉。

【拉夫卡迪欧离开了。】

我不知道过了多久才开始审讯，可能只过了几分钟吧。审讯相当干脆。本特利坐在我对面，两侧各有一个狱警，我的身后同样站着两个狱警。近距离观察时，我才发现面无表情的狱警看上去多么令人胆寒。当它们伸出触手的时候，你根本无从知晓它们究竟是要钳制住你还是要开枪，是要给你吃东西还是要给你注射。但凡有狱警靠近我，我都会发自本能地瑟缩。

本特利将所有内容读了出来，所有对我的指控。

比如我无视《监狱管理守则》，让428号将第7层置于危险之中；我允许他窃走监狱财产，以破坏第7层的安全固位器；以及我指示让所有人登上第7层，并命令他们飞越防护阵列，等等。

至于防护阵列本不应该朝飞船开火，开火的原因是它们失灵了，这样的辩护是如此苍白无力。因为他们已经告诉过我，整座监狱都出现了连锁失效反应，无法直接操控防护阵列。我甚至还被质问当时究竟有没有检查过防护阵列的状态。我没有，当然没有了，我当时正处于拯救众人的兴奋情绪之中，哪儿还顾得上检查。

"时间来不及。"我听到自己在说，"我是说，如果我知道会发生这样的事，肯定会检查的。"

本特利直视我的眼睛。这还是头一回。"当时第7层上有三百个人，还有临时上去的另外二百三十五名犯人。"

"我知道。"我说,"我的确非常地抱歉。可是,我们能不能……"

一点用都没有。我是说,我接下来说了很多的话,可没有一句话是有用的。

离开后,我回到了自己的牢房,心中满是彻底的无助感。空气已经变得浑浊,带有一股不舒服的味道,不过也可能只是我的个人感觉。我不敢相信,在做了这么多的努力之后,我竟陷入了自怨自艾当中,可事实就是如此。我怪428号,都是他的主意,我只是在听从他的命令。就是这样,他们肯定也都看见了。也许过一会儿他们就会释放我?

我在想要不要给自己写一封辩护书,说明其中原委。于是我立刻动笔。暂不论428号犯下的可怕罪行,你不得不承认这个人还是很有说服力的,轻轻松松就能让别人同意他的想法。我突然恐惧地发现,自己也沦为了他的受害者。他是不是谋划了很久,将我当棋子,来杀死飞船上的所有人?

他说过什么来着?"给我一根足够长的杠杆,我就能撬动整个世界。"原来如此,我对他而言无非就是根杠杆,被他用来发动最后一场惨绝人寰的大屠杀。我被他当傻子一样耍,而我却从始至终都怀着一片好心。我是他最后的受害者。

我在辩护书中同样将矛头指向了神棍、母星系和本特利,进行了相应的批判，但博士仍然是我的主要批判对象。我想，反正我也不愿再见到他了。

整篇文章显得相当悲观，我重新通读了一遍，把自己都给恶心到了。只有胆小如鼠之辈、不愿为自己的过失承担责任的懦夫，才能写出这样的文字。

我又读了一遍，说实话，这次感觉好多了。

话虽如此，但事实仍未改变。唯一能将我解救出去的人，是唯一一个不可能帮到我的人。因为博士……428号他已经死了。

牢门打开了，门外站着的人是博士。

"噢。"我说。

我没想到的是，我哭了起来。

"说句'你好'打个招呼就够了，用不着哭啊。"博士显得很窘迫。

显然我在那之后对他口齿不清地说了不少话。但博士没那么多时间听我喋喋不休。

"听着，典狱长。"他说，"我准备带你逃离你自己的监狱，如果你想好好玩味一下这其中的讽刺意味的话，我建议你紧紧地跟着我。"

"去哪儿？"我问。

"他们在搜寻你踪迹时，绝对猜不到的一个地方。"428号笑道，"我以前的牢房。"

我们来到了他的牢房。后来我才知道，因为大部分监控摄像头已经在连锁失效反应中彻底被毁，所以系统转而尽力维持生命保障和重力系统的正常运行。甚至绝大多数狱警都暂停了运作，尽管它们的停泊站似乎仍然在工作，但是它们无法从停泊站中被释放出来。

这也就意味着，剩下的犯人只得由人类守卫看管，而实际上他们还在忙于重新进入监狱系统，根本顾不过来。

目前监狱管理基本处于松懈状态。我将各类故障均进行了记录，以防日后需要反过来指控本特利时用得到。"现在哪怕杀人都没人管你。"我说。

"在监狱里头最好还是别说这样的话吧。"428号一边回答，一边用一把小巧的万能钥匙打开了牢房的门。

"你从哪儿弄来的？"我问。

428号耸耸肩，"你之前说过，我可以从车间拿任何我需要的东西，那我自然就不客气喽。我一直忙得很。"

"我被羁押了多久……过了多少天了？"

"约莫四个小时吧。"428号说着，关上了身后的门，随即示意我们在床铺上坐下。

他重重地坐到了我身旁，我不由得有些畏缩。难道我还怕了他吗？还是说厌恶他？或者说，虽然发生了这么多变故，我却依旧很高兴能见到他？

"好了，"428号说，"首先讲讲好消息吧，给你描述一下我是如何神乎其技地逃命的。"

"你是计划好了的吗？"

"没有，但也不能说完全没计划。不过，要是克拉拉问起的话，请务必告诉她我是计划好的。其实我只是反应比较快罢了，特别是在逃跑的时候。看来事前练习的确能够让神经元反应变得灵敏。是这样的，我进入那条管道的时候，心里很清楚我进入的是第7层的巴克斯特推动器的排气管，这条管道必然通向某个地方。你还记得我随身带着焊枪吗？我用焊枪把钳夹软化之后，并没有关掉它。"

"接着就点燃了一小团火，弄得乌烟瘴气吗？这可算不上明智的举动。"

"你这样认为？"428号挑起了眉毛，"恰恰相反，这是非常明智的行为。那是把威力强大的焊枪，我把它的强度调到了比较低的挡位，这样就能让易燃物冒出浓烟，但又不至于着火。而滚滚浓烟正是我所需要的。"

"为什么？"

"为了触发火警。还记得火警的警报声吗？我记得本特利曾经说过，有一种常规火警，还有一种闪点火警，而后者会在失火区域被封锁、空气被排出前的三十秒被触发。我早就计算过了，只要我能在一开始就被排出到太空，就不会被巴克斯特推动器给一顿煎炒烹炸了。"

"哦。"

"很聪明，是吗？"

"呃，可你还是在太空中啊。"

"可以这么讲，但是小行星外围有一层空气罩，尽管算不上有多好，但我可以向你保证，足够为我提供所需的安全保障了。另外，就在我急急忙忙往外逃时，我还带走了焊枪。"

"是吗？"

"好吧，我承认，不管是谁处于那样的情况，都没太多选择。我飘浮在太空中，手里抓着我所能够抓到的所有工具，还有那辆愚蠢的反重力手推车——不过当你在太空中飘浮时，那玩意儿倒显得没那么蠢了。因为工具都各有各的用处，所以我当初将尽可能多的工具都塞进了手推车，然后把焊枪绑在了手推车后头。随后，我将焊枪的挡位调到了……11挡，紧接着我便借此逃回了监狱。"

"什么？"

"第7层卸货区的门，说实话算是一处弱点，你最好记住了。于是我带着手推车飞到那里，然后启动了焊枪。"

"我能不能打断你一下,你是说,你用一辆会飞的手推车闯入了我的监狱?"

428号露齿一笑,"那又如何?我光用勺子都不知道逃了多少次了。"

我揍了他一拳。

他看上去很诧异,"你这……有点恩将仇报的意思啊。"

"很多人都死了。"我说。

"是……关于这一点,"428号瞪着我,"难道你不觉得有些莫名其妙吗?防护阵列会那样开火吗?"

"的确很蹊跷,但是——"

"防护阵列完全乱套了。"

"的确如此。"

"而神棍全然没有预见到这点,真是好笑。"

"不,不好笑。一点也不好笑。你不能无所顾忌地冷嘲热讽,好像全世界在你眼里不过是个残酷的玩笑。你必须……"

"必须怎么?"428号摩挲着下巴,好像又有点烦了。"我觉得你没资格对我指手画脚,典狱长。你已经丢掉了监狱的控制权,承认事实吧。防护阵列已经明明白白地告诉你,游戏结束了。"

"你什么意思?"

428号摇摇头,"你很快就会明白的,恐怕你早晚得明白这一点。但是现在,我们能不能别去纠结那群孩子。把第7层被摧毁的事情先搁到一边,行吗?"

"为什么?"

"否则你脑子根本就没法思考。我不了解你,但就连我自己现在都满脑子装满这些事儿,但这又有什么用呢?对吧?"

"是的。"我说。可我办不到,每时每刻,这些问题都在我脑海中萦绕。

428号敲了敲我的额头,我的思路立刻恢复了清晰。

"很好。"428号说,"那么,是时候找出真正的原因了,在我们找到之后,相信也能回答为什么第7层会被防护阵列轰掉。"

监狱气氛诡异,仿佛被废弃掉了似的。

"不太对劲儿。"我说,"应该还剩下一百来号犯人才对呀。"

428号点头附和,"必须找到他们。拉夫卡迪欧还在吗?"

"在,但他已经不和我说话了。"

"啊,"428号笑了,"可他会跟我说话。"

我们找到他时,这老头儿正抱着一些破烂不堪的旧书。"犯人落荒而逃的时候,把书全扔了。"他喃喃道,几乎像是在自说自话,"书需要人照看,所以我准备把它们都收拾好,带回图书馆去。我想让图书馆重新运转起来。"

可这里已经完蛋了——我最终还是将这句话咽进了肚子,转而说:"挺好的。"我注意到拉夫卡迪欧并没有看着我,也没怎么看428号,他的目光似乎游离于一切事物之外。

"有谁留下来了?"428号问他。

拉夫卡迪欧转过身,艰难地汇集着注意力,然后露出笑容,说道:"太高兴了,我真是太高兴了。"随后他兴奋地握住了428号的手。

428号将手抽开,取出一本书,随意翻看了一下。"《塞维利亚的理发师》?真有意思,过了这么久,这本书居然被保存了下来,你们不觉得很有意思吗?"

拉夫卡迪欧严肃地点了点头,"大概距今不到一千年前,人们仍然可以将所有的重要书籍一本不落地读完,还能读完大部分的杂书,并且引经据典、有理有据地探讨所有的书籍。现在呢,唉……"他笑了,"根本不可能,不可能了。我之所以喜欢监狱,有一个原因就是这里的书极为有限,这其实是件幸福的事,因为知识在这里变成了有限的东西。我们的书不到五千本,每次能读个六本左右吧,这个数量对任何人来说都挺容易的……为什么呢,因为我第一次发现自己与来自南部殖民星球的人拥有共同的见地。这话如果放在几年前来问我,我肯定会笑掉大牙。可结果却是,无论你来自哪个殖民地,所有人都会一致同意,《一分不多,一分不少》是杰弗里·阿彻最好的作品。"他朝着我们两人微笑,"还有那些经典!最让人意想不到的是,有人竟然在整晚阅读《一千零一夜》,梦见自己乘坐飞毯逃离了监狱。"

"我坐过飞毯。"428号说,摆出严肃的模样,"上面长了虱子,而且松松垮垮的,根本安不下心来。"

拉夫卡迪欧宽容地冲他笑道:"当然,我知道你坐过。以前还有过一本《凤凰与魔毯》,"说完他忽然很沮丧,"但是已经不见了。"

我们沿着走廊缓缓朝曾经是图书馆的地方走去。尽管空无一人,但是监狱仍然在发出声响。幽灵般的房门发出砰砰的撞击声。金属走道在脚步下发出钟表的嘀嗒声。气温越来越暖和,可空气依旧沉闷不堪。

就连428号也留意到了。"空气不咋新鲜了,氧气已经快要耗尽。空气装置必须尽快恢复循环功能。"

"哦,我倒是不着急。"拉夫卡迪欧低声咕哝,"他们每次都能成功修复故障,典狱长特别有效率。"他特意对我强调了后半部分,好像完全没有想起我曾经就是典狱长。"我们到了。"

图书馆里一片狼藉。许多书架被拆掉做成了食堂里的桌椅,不过还留了一部分,向着房间深处的阴影延伸而去。地上堆积了一垛垛巨大的叫不上名的垃圾,烧得焦黑的排气管残件凌乱地散落在格栅周边。尽管图书馆里的空气早已被排空并循环了数次，可仍然能闻到一股浓烈的塑料灼烧的味道。

拉夫卡迪欧将他手头的几本书码在书架上，颇有些令人悲从中来。"好了。"他说，"至少起了个头，不是吗？所有人都需要重新开始，我会好起来的。"

他站在废墟中，慢条斯理地踱开步子，不时将被烧毁的书本碎片——有些已经烧得只剩下了一根书脊和一些边角——满怀希望地码在书架上。

很快，他便忘了我们的存在，四处走动，自言自语。

"我们会再给你点书的。"我提议道。

428号点头赞同。这是句很合时宜的话。

"哦，那太好了。"拉夫卡迪欧摩擦着双手，旋即走入摇摇欲坠的书架之间。"这儿有东西在发光……瞧啊，亮闪闪的……"

我们离开了。

"可怜的家伙已经疯了，他真的帮不上什么忙了。"我对428号说。

他再次向我投来那种令我起鸡皮疙瘩的眼神。"是吗？难道你不知道吗？生命有时候会自己找到法子让生活继续下去，就算现实中有些不幸在前方，那又如何？"

"他需要人帮助。"我说。

"不，不需要。"428号笑道，"我认为，你会发现他将是这里最快乐的人。"

就在此时，我们听见了拉夫卡迪欧的惨叫。

我们甚至都没来得及考虑会遭遇怎样的危险，就以迅雷不及掩耳之势跑回了图书馆。

房间的角落里，躺着老头儿瘦小的尸体，已经破碎了。

四处望去，都是黑暗，巨大而又阴险的黑暗。废渣堆、空书架，一切都笼上了不祥的阴影。

"这里有东西把他杀了。"我说。

428号蹲下身子。"没错。"他悲伤地说道，"他当时正在读书。"说着，他拍了拍拉夫卡迪欧手上仍紧紧攥着的一本敞开的书。"《魔术家的外甥》，是本好书啊。"他轻轻将书合上，放到了拉夫卡迪欧的胸前，然后缓慢地站了起来，"我们该走了。"

"是吗？"

428号说得很慢："门就在那儿，我们该走了。"

"可为什么呢？"

"你就不能小点儿声吗？"428号朝我嘘声道，"因为门就在那儿，而且没有任何东西从那儿出去，所以……"

"所以杀死他的那玩意儿还在这里?"我有点喘不过气来。

"哦,原来你会小声说话呀。"428号无礼地点着头。

我们还没走到门口,那玩意儿就冲我们来了。一堆废渣移动了位置,有东西从里头直接朝着我们冲了过来。很难看清楚那到底是个什么玩意儿、长什么模样,但是它行动迅速而且致命。

它朝428号冲了过来,或者说,428号拎起一把椅子朝它冲去。我唯一能看见的就是他在阴影中移动的身影,偶尔发出大声的高呼。

我朝门口走去。

我站在门外静候,定了定神,努力思考下一步该怎么做。我可以把门锁上,这可能是最安全的做法。这样做也许会失去428号,但也能将那头怪物困住——极有可能就是它导致我背了黑锅。所以它是证据。我输入密码想要锁门,无效。密码被改了。

428号抽身而出。"哦,你还等着我呢?太棒了!"他冲我微笑,我留意到他的囚服上出现了几道锯齿状的撕扯痕迹。他双手拿着剩下的椅子残骸,用力扔了进去,接着从口袋里抽出一把勺子。"我又做了一个。"他笑道。嗖的一下,图书馆的门应声上锁。

"那是什么东西?"我问。

"很吓人的东西。"他回答,脸上的笑容逐渐隐去,"我还不清楚它是什么玩意儿,但是很致命。它现在见谁杀谁。"

"怎么讲？"

"它不再有好奇心，也不再警惕。"

"不再？"

"就是我们在第6层遇到的那玩意儿，之前它一直在煞费苦心地掩藏自己的踪迹。现在呢，它直接把拉夫卡迪欧的尸体留在这儿让我们发现，要么是它毫不在乎，要么是它没得到想要的东西，再要么就是它想诱使我们……"他的笑容突然变得冰冷，"总之，它很聪明。"说着，他用手指敲了敲牙齿，"这是个圈套……我们上当了。"

"什么？"我说。

"很快你就明白了。我们快走。"

"太晚了。"本特利说道。

她站在我们背后，带着一队守卫。他们看上去疲惫不堪，但同时也怒不可遏。

"哦，你好。"428号说，"按理说你应该找不到我们才对啊。"

"确实。"本特利同意道，"但典狱长刚才在图书馆的门上输入了他的识别码。"

"哦，哦，原来如此。"428号朝我瞥了一眼。我不知道他是怎样的眼神，因为我此时正盯着地面。本特利仍然称呼我为典狱长，让我多少有些慰藉。

428号跨步走到我们与本特利中间的空当。

"现在的问题是,我想跟你们讲讲我的推断,是经过了深思熟虑的推断,可以说服你们所有人。那就是,犯人和守卫必须携手合作方能活下去。"

"我可没时间听你那套自作聪明的害人理论!"本特利怒喝道,向前走了一步,428号的一只手随即扫过。

"我也不想!"他也大声吼道,"可我得收集证据,建立起可信的案例,防止你们通过任何死尸顺藤摸瓜找到我们。我自己有一套程序,是经过实践的、验证了的程序。可是——"他叹了口气,"有时候你就是要即兴行事。"

428号举起了他的勺子。

然而,守卫们还没来得及拔枪开火,图书馆的门就炸开了,那玩意儿站到了我们所有人面前。

"这是什么东西?!"本特利尖声叫道。

"待会儿再说!"428号吼道,"先开枪!"

那玩意儿什么模样?既然已经现身了,我觉得应该可以多少形容下了吧。它身形硕大,行动迅速,比人要高要宽。最开始,它仿佛身披阴影,随后变成了斗篷,接着我才发现……它身上覆盖着的是图书馆废墟中的数片黑色塑料薄膜。一片片稀碎的薄膜有如飘扬的饰带,遮盖了它本身的体态。而薄膜下,貌似有东西在闪闪发光。可我的脑中此时却闪现出最为诡异的童年回忆——如同一场古代哑剧正在面前上演：龙从舞台上疾驰而过，而龙本身就是让人脊骨透寒的可怕形象（尤其对于还只是六岁男孩的我而言）。龙在我面前飞舞旋转，但戏服下不时露出的关节仍会暴露内部的舞龙者——有时候露出点胳膊，有时候露出点侧面——与此时的场景有异曲同工之妙，尽管黑色薄膜下面是金属，但看上去也像是一个人。

只见它摆出一副骇人的姿态，开始发动进攻。目标是守卫。目标是所有人。

"你们都听到博士的话了！"我吼道，"朝它开枪啊！"

于是守卫们纷纷掏出爆裂枪，朝它开火。

"太好了！"博士很兴奋，"跟我料想的一样，开枪对它没效果。太棒了！这说明如果你们想要活命的话，就必须按照我的指示行事。"

"什么？"本特利望向他，一脸狐疑。

"你们的枪不管用。"博士说道，"一旦出现这种情况，用不了多久，所有人就都需要我了。"

有一名守卫靠得太近，惨叫着消失在阴影中。几秒钟后，一些湿漉漉的东西被抛了出来。

"相信我，现在必须相信我！"博士喊道，"你们根本阻挡不了它，我们得赶紧跑。"

本特利惊恐地扫视了一眼那名守卫的尸体，然后瞧见那头浑身乌黑、闪闪发光、呼呼直响的巨大物体朝着我们袭来。

"退后！"她喝道。

于是，我们所有人都跟着博士开始逃跑，他跑得飞快，仿佛用尽了毕生的力气。

本特利跑到我跟前。"这么说，你已经完全信任428号了？"她问。

"至少现在是的，我没得选。"

"别被他耍了。"她告诉我，"还记得关于他的报告吗？他会首先接近你，然后再伺机向你攻击。"

"你呢？"我的语气很生硬，"你不也一样吗？"

"我只是……"本特利有些摇晃，或许有点喘不上气了，"我只是在照章办事而已。"

博士带着我们跑到了一个拐角，经过一道拱门后，立刻原地等着。当最后一名守卫穿过拱门后，博士马上拿出勺子，接着一道防爆屏蔽门轰然落下。几秒过后，屏蔽门在怪物猛烈的撞击下发生了弯曲。怪物本身很安静，只有它攻击的那一大块金属发出刺耳的声音。

"我们没有……"博士说着，眼神飘移到防爆屏蔽门之上。我们所有人都看着那儿。"我们真的没多少时间了，它变得太强壮了。"

本特利大步走向他,将他一把击倒在地。"刚刚是你放出了那个东西。就是因为你,我手下又死了一名守卫。你到底要什么时候才肯收手?"

"怎么今天老有人打我?"博士无力地瘫倒在地面上,"知道吗?躺在这儿还挺舒服的。我就准备躺着了。"

我还没来得及拦住本特利,她又踹了博士一脚。

他大声号叫:"是的!"语气酸酸地说道,"是的,是我放那玩意儿出来的。的确是很冒险的取巧行为。我对你那位同事感到抱歉,可如果你当初听我的话,这一切也许就不会发生了。但我必须得展示给你看,否则你根本不会了解监狱里发生了什么事情。忘掉你曾经听过的承诺吧。"

"闭嘴!"本特利一把掐住他的喉咙,沙哑的声音中透露着疲惫。"我根本不关心你的谎言,告诉我,你那头怪兽究竟是什么东西?"

他的喉咙中发出咯咯的声音,手掌在手臂上拍打,"我没法告诉你。"他嗓音嘶哑,"你这样……掐着我……我怎么告诉你?"

可本特利丝毫没有放手,依旧冲着他歇斯底里:"全都是因为你!就是因为你,他们才会死!我本来还以为是他——"她猛地指向我——"可不是。那些犯人、第7层、钱德思——是的，'我那位同事'的名字就叫钱德思。我知道他们所有人的名字——还有……还有……"

"唐娜森。"我轻轻地对本特利说，然后将一只手搭到她的肩膀上，"行了。"我语气平静，这是我能说出的最符合典狱长身份的口气。

我的话似乎起了点效果。她松开了博士的喉咙，博士随即瘫倒在地，气喘吁吁，"你……你的劲儿可真够大的。"

本特利转向我，圆睁着双眼郑重其事地看着我的眼睛，揣摩我将要说出的话。

"那行，典狱长。你想说什么？有何吩咐？"

"这个嘛……"我刚开口，便看到了她手下守卫的表情，他们似乎对本特利可能会听从于我而深感沮丧。我可以肯定，自己已经失去了守卫的信任，而我绝不能再让本特利重蹈我的覆辙。这里必须要有人发号施令。

"我没有……没有什么吩咐。"我嗓子干涩，但我指着他们继续说道，"现在，我只想让你们别打搅我们。428号犯人和我正在研究某种推论，与目前在监狱所发生的未知情况有关，但也仅此而已。我无意让你们听我的吩咐，甚至不奢求你们的信任。我只想让你们都活着，平安就好。"

我伸出手，将博士从地上拉起来。他盯着我，气喘吁吁，仍然没能从本特利的攻击中缓过劲儿来。

"来吧,博士。"我说,"我们走吧。"

我们就这样离开了,没人上前阻拦。

我们拐过一个墙角。

博士看着我。"还有件小事。"他说,"我可能得绕回去告诉他们一点注意事项。"

我的手落在了他的肩膀上,这属于第五类安全钳制行为的简化版本。博士有些畏缩。

"仔细想想,"他嘟囔道,"也许根本没回去的必要。"

我们俩静静地走着。我带他来到了观景台。

"看啊,"我说,"瞅瞅外面,太空,按其自有的轨迹运转着。那么多的行星和星系,都以自己的方式移动着。相比之下,这儿所发生的一切……真是不值一提。在外面,一切照旧。而在这儿……哦,我感觉……这里发生的事从某种角度说会不会是我的错?"

"是吗?"博士反问。

"不知道。"我告诉他,"不再是了吧。"

"那就行……"他指向群星,"告诉你吧,典狱长。看见那些星星没?多么璀璨的夜空啊。每一次闪烁,好像都在撑起一副勇敢的面容。但每颗星星上都有其各自的问题。总有一天,我会一个个地解决掉,但此时此刻,你的问题才是我的头等大事。"

这话听来让人很安心。

我们就这样站着，看着星空。

"接下来怎么办？"

"我给你讲下我的推论吧，但是你听完后，必须告诉我一些事情。"

"可以。"我同意道，同时在星空中搜寻着第7层留下的残余碎片。

"我的推论就是，这座监狱遭受了秘密破坏。所有的电力故障？楼下的那鬼玩意儿？狱警们被无故关闭？防护阵列违背常理的开火？全都是其中的一部分，这是场蓄意的阴谋。"

"谁干的？"

"你有敌人吗，典狱长？"

我笑了，"只有朋友。"我言之凿凿地说道，"我跟你说过的，监狱里所有人都是我的朋友。"

我们俩都发出了一阵苦笑。

"按照我的理解，"我说，"你的意思是，监狱因为某种原因开始和我们对着干了？"

"正是如此。"

"也就是说，我们的互通网连接这么差是有人故意为之？"

"没错，就是为了阻碍你们求援。"

"也就是说，这蓄谋已久了？也许从建造监狱的那时候起就开始了?"

"差不多吧。"博士伸出一只手斜晃着说,"都是有可能的。看来我们至少在一件事上达成了共识,典狱长,那就是你被人给陷害了,陷入了一场惊天大阴谋当中。"

我看着漫天的星斗,手紧紧地抓住了栏杆。

"我不知道自己还能不能再承受一次这样的打击。"我说完,坐了下来。

博士站在一旁。

"没事的。"他说,"慢慢来就好。"

我心怀感激地冲他点头,星星依旧在旋转。我的世界已经轰然崩塌,我还记得最后一次和妻子说过的话。难道从那时候起,这个阴谋就开始了吗?

仿佛有什么东西咔嗒了一下,在很久很远的某处。

"还记得我刚跟你说让你慢慢来吗?"忽然传来了博士的声音。

我点点头。

博士咳嗽了一下,"就当我没说过吧。快点起来,它们找来了。"

只见狱警从四面八方的墙上朝我们围拢过来。

"不过也有好消息……"博士开口道。

还有好消息?

"理论上说,是的。"一队狱警冲着我们扫来,我们警惕地靠在一起。"这是我推论的另一方面,除非我全盘皆错。瞧,现在狱警已经被重新启动了。而坏消息是,它们已经被重新编程,只要逮着活物就会大开杀戒。愿意的话——喔——"每一个狱警都发出了威胁的嗡嗡声,"愿意的话,你可以走到它们面前,看看我说的对不对,然后……"

"不用,谢了。我相信你。"

"好!"博士点头道,然后一只手伸进了自己的头发抓抓。"瞧啊,我们俩已经建立起信任了。有什么建议吗?"

"能用你的勺子戏法对抗它们吗?"

博士短促地笑了笑,"那就是把勺子而已,只有两种用途。算上喝汤的话,就是三种。"

"看来我们无处可躲了。"

"那倒未必。"

狱警越逼越近。

"投降?"

所有狱警身体中都伸出了锋利的尖刀。

"最好别。"

接下来的一刻,我们都没有说话。

"我也有好消息告诉你。"我说,"等本特利发现咱们的尸体后,她就知道你是对的了。"

"这还真是货真价实的好消息啊。"

狱警离我们已经只有两米了。它们的身体中又伸出了钳子。

"至少……"我说着,只觉得嘴巴发干,"是个痛快的死法。"

"真的吗?"

"不是。"

"我也觉得不是。"博士耸了耸肩,同时从口袋里掏出一个装着金属碎屑的罐子,将碎屑抛洒出去,飘飞的碎屑在空中金光闪闪。紧接着,他又从口袋里拿出了焊枪。枪口吐出一阵短促的火舌,火焰虽弱,但足以点燃随风飘荡的碎屑。碎屑迅速演变成一团猛烈的亮光和热浪。

博士一把抓住我逃了出来。

"那是镁屑。"他说。

烈火蔓延至狱警身上,剧烈地燃烧着。它们的手臂被炸飞,燃着熊熊火光,重重跌落在其外壳之上。

"我从车间里头拿的。"他解释道。

"你还有什么没偷的?"

"这得看情况。看还有什么事情需要解决。"

狱警们嗡嗡作响,相互撞击着。博士又扔出更多的镁屑,然后再次点燃。这次它们都倒下了。突然,狱警身上闪出了防护盾。

"它们是在自我保护。这倒是好事,因为……"

防护盾又闪了一次,狱警彻底断了电。

博士双臂抱胸,"早该想到了,它们一直没机会去好好充电来着。电都快没了,还玩儿什么杀人狂欢。跟我来。"

我们小心翼翼地从狱警的残骸中穿过。即使它们已经全部断电,但仍具有一定的危险性。在残余电量的驱动下,它们仍在发出声响。我谨慎地掠过一堆堆爪子和金属刺,感觉身上的制服被勾住了。我往前走,但动弹不了。一个狱警的爪子拽住了我的衣服,抓住了我的手臂。

"博士……"我低声求救。

爪子一阵痉挛,既没有彻底松手,也没有用尽全力钳住我。我清楚地知道,只要它用尽全力,我的骨头就会被捏碎。

博士转过身看了一眼,"它充电时间比其他狱警久一点,不过也就一点而已。"

"说这话有用吗?"

"好吧。"他长出一口气,像是不得不放下手上正在处理的大事,被迫来处理我手臂快被掐断这件鸡毛蒜皮的小事似的。"我会做件事,等我开始行动的时候,我希望你一路不停地朝门那儿跑,无论怎样都别停下来。"

"好的。"

"哦,对了,还要闭上眼睛。"

"为什么?"

"因为一旦出了差池,你是不想看见后果的。"

"后果是什么?"

博士拿出勺子,咳嗽了一声,"电磁铁有两极。"他说着,敲了敲基座上的电池,"也就是说,有百分之五十的概率。如果我猜对了,爪子便会松开。而如果我猜错了……"

"噢。"

"不好意思。"

"你有把握吗?"

"百分之五十的概率不算差,最多百分之六十吧。"

"依据是?"

"没有依据可言。纯粹只是基于我的乐观天性而已,尽管这个信念越来越弱了。"只见他露出一个微笑,扑过去抓住了狱警的爪子。我甚至没来得及发出尖叫。

随后,我本能地发出惨叫,闭上了眼睛。

"可以了。"博士在我耳边轻声说道。

"什么可以了?"

"可以跑了。"

"我的手臂呢?"

"安然无恙,快跑。"

我睁开双眼,映入眼帘的只有地面,没见到任何残肢在地上翻滚。于是我急忙朝门跑去,与此同时,身后的狱警重新活了过来,朝博士逼近。

"躺着去吧!"他咆哮着,瞄准狱警抬腿就是一脚。

狱警咣当一声停了下来。博士高声叫喊着跳开,十分痛苦。

"听见没?"他几乎是在哀号。

"咣当声吗?"

"是嘎吱声,哥们儿,嘎吱破碎的声音。"

"没有。"

博士像风车似的旋转着手臂,同时前后甩动他的一只脚。

"那是我的脚趾头。"他脸色极为难看,"真是……太疼了。估计我的脚趾折了。"

"狱警特别坚固,制造合同里的要求。"

"妙啊,妙不可言。整座监狱里唯一牢靠的东西。算了,我们先离开这儿吧。"

博士一瘸一拐地慢慢走着,表情痛苦不堪。

我跟在他后头,不知要去往何处。

停机坪十分安静。博士缓缓坐进我平常用来接见探视者的椅子。

"那个,呃,是我的椅子……"我开口道,但博士只是白了我一眼。"当然了,你坐我也是很乐意的。"

162

博士脱下靴子，开始仔细察看脚上的伤。他的袜子上竟然有卡通动物的形象，可真是没想到。

"一只小猪去集市……一只小猪留家中……一只小猪吃烧烤……一只小猪两手空……而这只胖小猪……哎哟。"他来回晃动着脚趾，然后笑了。

"你唱什么呢？你的脚趾还好吗？"

"不太好。"博士脸上的笑容消失了，"这只小猪差不多已经折了。不过你看啊，我动脚趾头的时候，像不像一群小猪在跳舞？哈！"说完他皱起了眉头，"她在哪儿呢？"

"克拉拉？"

他点点头。

"你不是说她曾在这里抗议吗？"博士说着眯起了眼睛。

"她确实常来，但现在她好像不在。"

"遇上我需要她的时候，她就跑回去亲她那些小孩，教他们跨维工程的入门知识去了。真是典型的克拉拉做派，那个女孩……简直连一点做事要分轻重缓急的观念都没有。"他叹了口气，"有同伴就会有这样的麻烦。我以前有过一条狗，是的，它可管用多了。"说完，他躺在椅子里闭上了眼睛。一瞬间，他看上去显得无比沧桑和疲倦。

传来咳嗽的声音。

只见克拉拉出现在了围栏的另一侧，博士立马起身，脸上有些轻微的抽搐。

"克拉拉·鸵鸟[1]！"博士笑道。

"我的姓是奥斯瓦德。"克拉拉说。

"好吧，我也一直在思考关于你的姓这件事。你一直都不喜欢自己的姓，我也不喜欢。叫鸵鸟好多了，瞧你的脖子，多像鸵鸟啊。"

克拉拉平静自若地凝视着他，"我想你了。"她说道。

"我也想你了。"

他们就这么站着，犹如一对傻瓜一样相互咧着嘴笑。

"哦，袜子挺好看嘛。"克拉拉说。

"袜子不是重点。"博士说着，轻手轻脚地把靴子套了回去。"好了，如今我们又重聚了，博士和克拉拉。只不过面前有道电围栏给挡着。"

"还有另外七十三套安全系统。"我插话道。

"待会儿我就去处理掉。"博士没有理会我。既然克拉拉出现了，我感觉自己已经没有任何价值了。此时，博士正好奇而专注地打量着她。"听好了，鸵鸟，你迟到了。可你从不会迟到，背后应该有原因吧？"他对她笑道。

克拉拉点头道："我和塔迪斯走了条岔路。"

---

1. 鸵鸟（ostrich）与奥斯瓦德（Oswald）的前半部分较为相近。

"得知你们俩能和平相处,我很高兴。"博士笑道。"塔迪斯是我的飞船。"他转头向我解释道,随即压低了声音,"她和克拉拉一直合不来。不过看来她们已经学会互相体谅、不计前嫌了。"

"我可没有不计前嫌!"克拉拉抗议道。

"那我觉得塔迪斯也没有原谅你。"博士说,"告诉我,你干吗去了,你这个捣蛋专家。"

"这个嘛……"克拉拉撒娇似的转了转脚掌,显然对自己十分满意,但又有点担心自己马上要说的消息会过于震撼。"你肯定会很高兴的。"

"这些天我已经很难高兴得起来了。"

"好吧。"她深吸了口气,"我们救了第7层的人。"

"你说什么?"我叫了出来,禁不住想冲过去拥抱她,差点没撞到电围栏上。

"你说什么?"博士的口吻明显没有那么兴奋,"千万别告诉我你是穿越时空去救的人。"

克拉拉摇摇头,"第7层飞过去的时候,我们就发现防护阵列被启动了,于是立刻跃迁过去,把他们接上船,然后放到了一个殖民地上,所以才迟到了。"不知为什么,我有些不大相信,因为她说话的时候把手背在了身后。"是一颗叫作伯尔琳的挺不错的小星球。"

听到这话,我立即有了反应。我曾希望自己再也不要听到这个名字了。

"了解。"博士看着她,继而又转向我,"挺好的,又避免了一场大屠杀。相信神棍本人应该也挺高兴的。"

"你是说……"克拉拉一脸厌恶地皱起了鼻子,"你是说那个一直在晃动手指、假装织毛衣的古怪胖子吗?在被殖民地的人关起来之前,他告诉我,说我会遇到一个身材高大、皮肤黝黑的陌生人,然后开始一段很长的旅行。"

博士笑了,"嘿,他说得还挺对的,不是吗?是说那一回吗?"

"我什么时候还能再遇到一个又高又黑的家伙?"

博士不悦地沉下脸,"我真的很想你。"他说。

"刚刚咱们已经寒暄过了。"

"那好,接下来该做什么?哦,对了,该轮到聊聊各自的难忘经历了,这可有趣多了。"

"我也特别喜欢这部分。"

他们就这样啰嗦了半晌,幸亏没有和他们坐在同一班长途飞船上。我几乎都有点想要加入他们的对话了,可同时又很担忧,这么一团糟的情况下他们怎么能表现得如此幼稚?

与此同时,我深深地沉浸在放松的情绪之中。第7层完好无损,所有人也平安无事地活着。那天我第一次觉得一切都会好起来,因为有博士和克拉拉在。

就在此时,半块停机坪爆炸了。

克拉拉尖叫着被抛甩到地上。她赶紧站起来,身旁全是旋转着的碎片和火焰。

"怎么回事?"她叫道。

"是防护阵列……"我结结巴巴地说道,"可这是为什么呢?"

武器再次开火,我们和克拉拉之间的地面顿时燃起了大火。

"防护阵列现在的目标是监狱。"博士说,"它探测到了克拉拉的来访,于是下决心将她抹去,尤其是我们的飞船,更是它的眼中钉。"

又是一阵炮轰,距离克拉拉更近了。

"它还在校准中。"博士陷入冥思,"是不是有七十三套系统阻止她进来?"

"是的,还得算上围栏。"

"打开系统,让她进来,赶紧!"

"可我办不到。"我提出异议道。

防护阵列又开火了。克拉拉正躲在一块小岩石后方,此前她曾坐在那上头。岩石的一部分被炸到了空中。

"你必须办到。"博士不容置疑地坚持道,"你看看她!"

随着越来越多的炮火落在克拉拉的附近,她缩成了一团。稀薄的大气中充斥着闪烁的火光。

"我真的办不到。"我抗议道,"这些系统固若金汤,没办法让无罪之人进来。我真的办不到。"

又是一道火光四溅,岩石被劈成两半,然后被接踵而至的炮火炸成粉末。

无处可躲了,克拉拉突兀地站在那儿,暴露在炮火之下,身上盖满了岩石碎片。

"我要不要跑到塔迪斯那儿去?"她问道。

"恐怕你跑不过去了。"博士说,"根本不可能的。"

"那就永别了?"她说。

"绝不可能。"博士态度坚定,接着转向我,"你说无罪之人不能进来,是吗?"

"是的。"我肯定道。

"怎么个无罪法?"

"好主意。"我突然笑了,"克拉拉,能麻烦你敲打一下那边的那块牌子吗?"

"是这块吗?"她指的是那块写着"不得接触围栏"的牌子。

"是的,用力敲打一下。"

于是,克拉拉捡起块大石头砸过去,牌子被砸出了一个坑。

"克拉拉·鸵鸟。"在防护阵列的隆隆炮声下,我庄重地宣布,"我以典狱长的身份宣布——"博士在一旁做着"赶紧点"的手势,"我以破坏监狱财产的罪名将你逮捕。请进来。"

围栏随即打开,克拉拉一溜烟儿跑了进来。围栏关闭后,防护阵列开始对她之前站的位置进行狂轰滥炸。四处硝烟弥漫,挡住了视线。

我们站在那儿,大口喘着粗气。尽管她此前总是一副泰然自若的姿态,此刻却也在瑟瑟发抖。博士搂住了她。

"这算是拥抱吧。"他说,"你知道我从不拥抱的。"

"上一任博士就会拥抱。"她告诉他。

"好吧。"博士松开了她,"怪习惯。不过这倒是个呼吸秀发气息的好办法,你换洗发水了。"

"洗发水?"克拉拉后退了几步。

"以后可能会很重要。"他说着思考了片刻,然后放弃了这个想法,"不,应该没什么重要的。"

"我觉得,"我对博士说,"你向来都不把任何事情当回事。"

"恰恰相反。"博士反驳道,"我觉得宇宙有点太把自己当回事了。"说着,他把手塞进口袋,分别看了我们两人一眼,"总之,我们必须找出事情的真相,让监狱重获平安,挽救监狱的整套系统。"

"是吗?"我问。

克拉拉点头道:"是不是一种壮举?我们干的就是这活儿。我很擅长,他嘛……还算好吧。"

"我也很擅长。你们看,"博士说着,自豪地从口袋里掏出一件物品,"我弄了把音速勺子。"

克拉拉给了他个白眼,似乎不为所动。

防护阵列又开火了。围栏与我们身后的墙随即融化。

"首先,"博士说,"无论是外部防护系统还是内部防护系统,监狱里的所有东西都想宰了我们。其次,这里面还活动着一头体型巨大的神秘生物。有人一定要我们死方才罢休。"

"我必须告诉你,我真的很想你。"克拉拉说。

防护阵列又开火了,我们开始逃命,免得被炸成原子状态。

9

为了逃命,我们一路狂奔,身后的走廊被火焰吞噬了。

或者说,只有克拉拉和我在跑,而博士只是一路跛行。

"你怎么了?"克拉拉问。

博士好像在暗地里诅咒些什么。"没事儿。"他咕哝道。每一次将全身重量压在那条腿上,他的脸部就会抽搐。

"看起来可不像没事。你腿上中弹了吗?还是怎么了?"

博士摇了摇头,显得局促不安。"没事儿,别管了,继续跑。"说完,他姿态古怪地开始大步跛行。

"你的脚到底怎么了?"

"我,呃……"博士看看我,想寻求帮助。

"为了救我的命弄的。"我插话道。

"具体呢?"

博士又在低声嘟囔了。

克拉拉眯起眼,"你刚才是不是在说你弄伤了一根脚趾?"

博士点点头,又低声说了其他什么话,"可能断了吧。"

"你的脚趾?"

"是的,断了。"

"你在胡说八道吧?"

"没有。"他歇了口气,"大脚趾真的断了。"

"你就不能,你知道的……用那个办法吗?"

博士怒目而视,如同愤怒的猫头鹰盯准了地鼠,"仅仅因为弄伤了一根脚趾,你就想让我重生?"

"不可以吗?"

"可以是可以,但那也太浪费生命了。"

"你只再生脚趾头不就行了?"

"再生可是时间领主外貌修复术中宝贵的奇迹,你想让我用来长根脚趾头?"

"我只是提议而已。"

"既然你提了,我的回答就是:不能。"

"限制也太多了吧。"

"知道吗?我还准备给他们写封信呢。"

"一定得写。"

他们俩就这样说着叫人不明所以的话,一边惺惺相惜地斗嘴,一边奔跑。

"类似情况会不会越来越多,毕竟你如今也——"

"别说了。"博士大声打断她,"算了,要不你还是说吧,如今我怎么了？"

"越来越尊贵了，也就是越来越老了。"

"不会，至少我希望不会。况且，我才一千岁出头，年轻着呢。"

"我在想，也许可以给你弄台电动代步车啥的。我奶奶就有一台。"

"绝不。"

"她特别依赖那玩意儿，还能开着去购物呢。"

"不用了。"博士继续跛行，"何况我已经有一辆手推车了。"

拐过一个弯儿。我早已上气不接下气，克拉拉则咧嘴而笑，博士看上去似乎仍然坚持着自己那套怪异的步法。

"谁知道呢？"克拉拉说道，"上次我见到你的时候，你还是拯救了那么多个世界的勇士，现在你却只有一把魔法勺子，脚趾头还坏了。这要是在地球，你简直就像是在超市外垃圾桶里寻摸吃食的流浪汉。"

博士看着我，期待着我说一些宽慰他的话。"所有你说的一切，都是我不得不忍受的东西。老实说，某种程度上，在监狱的日子算是给我放了一个假。"

地面倏地剧烈振动起来，继而倾斜。所有人都滑倒，摔了个跟头。

"出什么事了？"随着眼前的世界忽然翻了个底朝天，我紧紧抓住一根支撑杆，大声叫嚷道。

"我也不清楚。"博士低声道，"没准儿是防护阵列炸掉了某根支撑杆，也可能是因为人工重力失效了。"

地面再次吱吱嘎嘎作响，然后朝一侧扭转过去。博士慌忙站起身，急匆匆地一瘸一拐跑开了。

"你在干吗？"

"在系统恢复稳定期间，我们必须得待在狭小的空间里才行，比如一个特别小的房间。还好这是座监狱，小房间到处都是。快走。"

于是，我们跟上了他。

牢房里塞进三个人后显得尤为局促。

"舒适吧？"博士问道。

"很舒服吗？"克拉拉若有所思。

博士径直躺到床上，舒展四肢，将整个床铺全部占满，克拉拉和我只得并排蹲坐在门口。博士用手臂枕着头，入神地盯着天花板，仿佛忽略了我们的存在。"如果让我出本书的话，就起名叫《我的铁窗生涯》吧，或者叫《囹圄人生》。总之，我肯定会找点时间给我这些日子里所待过的各种监狱写一本类似指南的书，然后给它们一一评星——我特喜欢评星。你们呢？"

"我也喜欢评星。"克拉拉赞同道。

"至于分类，那是另一码事。还有位置？环境氛围？越狱难易程度？"他暂停思考了片刻，"无助程度？其他犯人的惨叫？酷刑的创意程度？"

说完，他坐起来，尝试站起身子，接着脸上露出抽搐的表情。"问题是，意义在哪儿？监狱牢房本身就是最小空间单位，是让你能苟延残喘的最小空间。它是一种监禁，但也让你意识到自己所错过的一切。你觉得我说得有理吗，典狱长？"他直勾勾地瞧着我。

"没错。"我说着，忽然觉得嘴巴很干。尽管现在我们还有很多别的事要做，但出于某种原因，这样的对话感觉很必要。"你是在埋怨吗？我已经尽我所能在规程的约束内让监狱变得人性化了。"

我的确尽力了。当然，那些小小的例外，那些我乐于惩罚的人不能算入其中，因为他们做了那么可怕的事情。

"知道吗？我现在什么都不在乎了。"博士打了个哈欠，"随你如何给自己正名好了。无聊。而且这也不是我来这里的原因。"

"我能提醒你一点吗，博士？你之所以被送进监狱，是因为你罪大恶极。"

"我有吗？"

175

"哦，得了吧。"我哼了一声，"所有人都说自己是无辜的。"

"没错。"博士拍了一下手掌，声音显得特别刺耳，"可如果我真是被冤枉的呢？如果我是被人诬陷、告发，然后被打晕了呢？"

"算了，别说了。"克拉拉压低声音说道，显得有些尴尬。

"可我就是想说。"博士笑了，"说我是个惯犯，罪不可赦的罪犯，是吗？可如果我完全是无辜的呢？只是别人告诉你我是个罪犯罢了，而你偏偏就信了那样的鬼话。"

我不记得当时自己是怎么穿过房间的了，真的不记得了。只记得自己站到了他的面前，突然之间冲着他高声怒吼。以前所有认真接受过的培训，所有指导我如何掩盖住自己真实一面的教导，在那一瞬间踪影全无。

"我不在乎，博士。我一点儿也不在乎。你想自欺欺人，然后安安心心过完这一天，都随便你，但你别来惹我。你干了什么，为什么你被送来监狱，我心里清楚得很。而且你总有一天会为此付出代价，我向你保证。我知道，这世上没有绝对的好人，也没有绝对的恶棍。你在这儿的确做了不少好事，但我也了解你以前有多邪恶，所以你休想从监狱里逃出去，我向你保证。就算监狱最终落得个四分五裂的下场，你也别想逃走。就算这里的一切全都化成了虚无，你也得老老实实待着，我也会你和一起留在这里。"

"凭什么?"博士问,"我究竟犯什么事了?"

"闭嘴吧!"我吼道。

克拉拉站在我们中间,脸上将信将疑的表情足以说明一切。她也不太相信博士是无辜的。她是他最好的朋友、他的拥护者,此刻她却显得如此忧心忡忡。

他转过身,没有再搭理我们两个。"没事儿。"他突然开口说道,"克拉拉,你把文件带来了吗?"他挥起一只手,"哦,对了,这应该算走私吧。看来你可以逮捕她了,她也成了罪犯。不过那些文件很重要。"

只见克拉拉把手伸进夹克,掏出一个塑料钱包和一些互通网上新闻报道的打印稿。"你们这里不怎么能看到新闻吧?"她平静地问道。

"的确没什么看的。"我说,"因为带宽不够。况且,身处如此偏远的地方,所有新闻都不过是我再也不会见到的人的拌嘴和悲剧而已。对我而言,只是无关紧要的小事。"

"但你真得读读这些新闻。"

我漫不经心地翻阅着文件。新闻标题让我内心微微颤动了一下,母星系政府有麻烦了。新任总统越来越不受民众的待见,抗议与暴乱四起。很好,我想,尽量不让自己显得幸灾乐祸。但的确很好。

"这又如何？"我叹了口气，"他们总能再选出一位统治者，一位更差的统治者。"

博士又开始瞪着我，评估着我的反应。"是吗？选谁呢？"他问。

"一个懦夫，一个诸事无能只会做出错误抉择的人，一个会干出不可饶恕的事情的人，一个有人性的人。"

一阵沉默紧随而至。克拉拉也在打量着我。

"算了，没什么，真的。"我说。

更加难堪的沉默。

"是吗？"博士终于开口说道。

"我想我们都能在某件事上达成一致，那就是无论我作为典狱长有多么的失败，"我叹了口气，"都不及我惨淡的母星系总统生涯。"

10

想要操纵选举其实比想象中简单得多。第一件事,先把我妻子给杀了。

"听到这个很抱歉。"克拉拉说。

但博士似乎觉得还不够,"说得倒挺好,可不是真的。事情并没有那么简单,对吧?"

当然没那么简单。但相对来说还是挺容易的。

我的第二次竞选本应该毫无悬念地取胜,可对手阵营的某个人……唉,这样说有失公允。或许我该换种说法,是某个与我的政治对手结盟的人……某个认识到我的致命弱点就在外星殖民地的人。更何况只需稍稍操纵一下某一两个殖民地民众的投票习惯即可。

他们首先从伯尔琳星和一种几乎快要灭绝的疾病下手。疾病的名字叫作洛波,听起来简直愚蠢至极。数个世纪之前,洛波病还是一种致命的疾病，但如今却已经近乎销声匿迹。当然，伯尔琳星上的儿童都已经注射了抵抗洛波病的疫苗，可猝不及防的是，疫苗供应突然短缺。原因只是母星系上的疫苗生产商发生了一些小小的问题，紧接着，整个星系间的疫苗供应在通过海关的时候出现了微不足道的延迟。

幸运的是，私营企业赶紧对伯尔琳星伸出了援助之手。可结果部分疫苗不是过了期，就是效果大打折扣。

恰在这时，一个连正规医学学位都没有的莫名其妙的人凭空冒了出来——一名针灸治疗和占星学的双料教授（你们可以自己猜猜这人究竟是何方神圣）——在媒体面前对伯尔琳星的情势指手画脚，称疫苗导致伯尔琳星上的儿童出现了生长缺陷。他的声明根本没有任何证据，但却吸引了大量电视观众。一时间，伯尔琳星上的父母都抱着自己的小宝宝和别人交换看法，诸如"她看上去真的有些矮小，你不觉得吗……也许我们不应该再给她弟弟注射疫苗了……"简直是无稽之谈，可我们的媒体是自由和公正的，当药品管理局让专家解释真相，戳破那个说鬼话的针灸教授的谎言时，人们只会想："背后必定有不可告人的内幕，否则他们干吗要在互通网上辩来辩去？"

过了好一阵子，位于母星系上的药品管理局才认识到问题的严重性：根本没有足够的洛波疫苗提供给伯尔琳星上的儿童，而父母们也无意带自己的孩子去接种少数通过海关的安瓿瓶装疫苗。不久之后，洛波病的感染案例就被媒体曝出来了。我妻子当时担任的是药品管理局的荣誉主席，因为她本身就是一副很擅长抱小孩的慈母形象。虽然我们没有生孩子，但每当海伦抱起陌生人的婴儿时，那模样都像是捧着价值连城的钻石一样喜不自禁。

于是，我妻子去了伯尔琳，试图打消当地人对疫苗和洛波危险性的疑虑。病毒依旧存在于该星球，不过海伦早在婴儿时期就接种了疫苗。然而，由于宿主数量的大幅下降，洛波病毒开始变异。首先遭受袭击的是儿童，紧接着就轮到了已经接种过疫苗的成年人。

我的政治对手故意让伯尔琳星人忙于照顾生病的孩子，而无心投票，如果人数够多，就能扳倒我。于是，他们制造了一场致命的传染病，我妻子就是在隔离区染上了洛波的病。但海伦仍然尽了自己最大的努力，在伯尔琳星上四处奔走，尽量缓解当地局势。当然，她自己也正身患重病。

此时，我早已不在乎迫在眉睫的总统选举。每天我都和她在互通网上沟通，我的竞选顾问也只允许我这样做。我当时恨不得立马搭上最快的一班飞船赶到伯尔琳，陪伴海伦度过最后的时光。可竞选顾问却说："您不能去，先生。我们禁止您这样做。您必须为选举做好充分的准备，我们当然知道您亏欠您夫人太多，但您对母星系人民的亏欠更多啊。"

我真是个愚蠢而不自知、贪慕权位的白痴，竟然会听从他们的鬼话。我让自己显得那么崇高，但在公众面前的每一刻都是煎熬。当海伦的生命走到尽头时，我也只能脸色阴郁地穿上黑色西装。

伯尔琳星上肆虐的流行病最大的问题在于，其起因很简单，所以也很容易让我背上黑锅。更糟糕的是，当我被人们批评没有提供足量的洛波病疫苗时，其他殖民地的父母也在看着自己的孩子说："你知道吗？他看上去真的有些矮小，你不觉得吗……也许我们不应该再给他妹妹注射疫苗了……"

令人作呕的是，妻子的死让我在民意测验中获得了优势，即选举顾问们所称的"打同情牌"。可尽管我的支持率在上涨，却仍不足以让我赢得选举。我看得很清楚，也做好了承认败选的准备。说心里话，当时的我已经彻彻底底不想再继续下去了。

然而，我的首席顾问随后约见了我，她就是玛丽安·格洛伯斯。我的妻子长期以来一直怀疑我们俩……怎么说呢，在偷情吧。我不否认和玛丽安有过一些眉来眼去，但玛丽安属于那种你会选择去植物园观赏的花朵。只要给她妥当照顾，她就会展现出婀娜多姿的瑰丽，但你绝不会想摘一朵带回家。

玛丽安劝我不要放弃竞选，她还指出，对手成功骗取了我的很多选票，数量惊人，不过她的意思并不是要去操控选举，只是进行一点"微不足道的统计修正"，她的原话就是如此。当我提出异议时，她如此劝说道："别担心，都是些小人物的票，不值一提。"

计划很简单，找几个位置偏远、没有观察人员驻守的投票站。如果是人工投票，只需确保回收那个修改过数据的投票箱即可。如果投票站配备了投票机，则需要确保软件让那些没有做好决定的选民按照我们的意图投票即可。

当然，有少数人注意到了，也有人对我的再次参选表示强烈抗议，但随着我变成鳏夫，他们自然闭上了嘴。我大胆批判那些毫无事实依据的指控，指出对手只不过是酸葡萄心理作祟，利用了我的丧妻之痛。我坚称总统选举应按章举行，同时宣布了监狱建设规划。我说准备修建一座特大监狱的时候，没有什么能比这句话更能表明我对法律和秩序的重视，而且我也多多少少能把一些对手给扔到监狱里去，其中就包括伯尔琳星上那位针灸和占星术教授。这表明我仍然大权在握，于是一切似乎尘埃落定。

但是，某个脑袋灵光的互通网记者留意到了选票数量的问题，或者说，他留意到选票的统计有点过于精准了。玛丽安的错误在于，她为每个我们操控之下的投票站提供了数量准确的票数。她错就错在对公平性的处理——她没有让我获得压倒性的胜利，而只是让我获得刚刚好的选票来赢得大选。

于是，这名记者抛出了许多问题，但都被我的法律顾问一一驳回。可问题并没有消失，紧接着，败选的对手开始大做文章。

玛丽安命令我"躲"在幕后。我随后发布了否认声明，同时答应接受质询。质询由我的法律顾问的导师主持，他是一名才华横溢、德高望重的法律教授，名叫拉夫卡迪欧。拉夫卡迪欧是个精明的家伙，但又不食人间烟火，不愿与人打交道，而更愿整日与书为伍。质询开始的时候，他只是单纯地认为像我这样一名好心的、深陷丧妻之痛的人断然不会干操纵大选的勾当，而且他也没有发现任何可以证明我有暗箱操作之嫌的证据。

拉夫卡迪欧判定我无罪，可他的表现却有些过头。我整日忙于正式告知各方自己已经洗刷了嫌疑，以至于都没注意到人们最初其实并不相信我。

一时间，反对者掀起抗议活动，带头者走上街头高声疾呼。

我尝试收拾局面，于是开除了玛丽安·格洛伯斯，发表了一系列简短致歉，都是些陈词滥调："部分民众认为大选存在疑点，我对此感到十分遗憾。但我向各位保证，所有辛勤工作的选民所做出的决定，绝对是真实可信的。另外，我也必须强调，我对一位顾问向我提供信息的透明度的确感到很失望。我坚信，所有问题都应到此为止了。"

但我错了。民众揭竿而起，而我的那帮对手，那帮杀害了我妻子并在外太空殖民地散布瘟疫的恶徒，趁势夺走了政权。

在我统治期间，监狱的建设就已经开始了，但最终由我的对手草率收工——他们把承包权拱手送给了自己的盟友。历经几次仅仅是走过场的审讯后，我的整个政府部门职员几乎都被投进了这座监狱。剩下为数不多的几个，被允许留在母星系，成了他们操控之下的傀儡反对派。而这些职员之所以选择顺从，是因为自己所爱之人都被囚禁到了监狱的第7层。此外，我还被任命为了监狱的典狱长，看守自己的过往好友，简直是对我莫大的羞辱。

此后，我一直努力尽着作为典狱长的本分。可是，越来越多的囚犯被送到了这里，而我完全不清楚到底哪些人是真的恶贯满盈，哪些人又是被他人罗织了罪名。我只觉得无所适从。

有一件事，自始至终都没人告诉我，而我也没能找出答案，那就是：究竟是谁散布了瘟疫，是谁给我的对手提出了那个阴险的计策，是谁执行的，是哪个神机妙算的家伙将那么多人从世上抹去，又是谁杀死了我的妻子。

然后，有一天，他被送到了我这里。世界上最为罪孽深重的罪犯。我今生今世都无法原谅的人。

那个人就是博士。

"哦。"博士说，"这下我算明白了。"

"难道你不想道歉吗？"多年来我一直压抑在心头的怒火，终于在这一瞬化为血红双眼中的烈焰。

博士无动于衷，只是耸耸肩，"不是我干的。"

"证据呢？"

"证据吗？"博士呻吟道，"我给不了你证据，只有……其实，臆想出一个幕后主谋很简单。他们也的确存在——相信我，这种人我见过不少。但人是如此脆弱的生物，根本无须身披黑色斗篷的坏人来做恶。历史上很多糟糕透顶的决定，都是一帮子心怀好意的人坐在房间里做出的。人们总说，只要一帮人凑一块儿准没好事，这其实很有道理。特别是那些焦点话题讨论团体、工作小组和电话会议与会者，还有那些会找出九十九个拒绝的理由、但只要一个理由就能接受的人。正是这帮人，应该为宇宙中的绝大多数邪恶负责。但他们认为自己毫无责任。没有人会记得自己曾经做过多么可怕的决定，没有人会决定去建造死亡射线发射器。也许会有个别人记得自己曾经为改善这致命武器的喷嘴贡献过一臂之力，或是在某个息工日为死亡射线的标志设计提了几个不错的建议，又或是做过用来发射的大按钮应该涂成红色的决定……但是……唉，人们总是问我宇宙的末日将会怎样。在我脑海里，那就是一屋子人在开最后一次会议，一边讨论为什么宇宙变得越来越黑暗，一边委婉地争抢着最后一块巧克力饼干。"

他停止了说话，而我毫无来由地哭出了声。我没办法相信他的话，我听不进去。那只是一阵喋喋不休的噪音。

"你是说根本不是你干的吗？"尽管我听起来很平静，但在内心深处的某个地方，我的灵魂却在撕心裂肺地呐喊：你怎么敢！你怎么敢！你怎么敢！

"不是他。"克拉拉开口了,语气异常坚定,"你不相信他,总该相信我吧?"

"是吗?我凭什么相信他的狂热粉丝说的话?"我厉声道。

"她的大眼睛显得天真过头了,对不对?"博士不慌不忙地说道,"我听人这么说过。"

"喂!"克拉拉站了起来,一脸不屑地爬到了桌上,"听我说。我们抵达这个星系的时候,正好赶上新政权当政,局面开始混乱。瘟疫肆虐,外星殖民地完全依赖于给他们提供补给的飞船。就在这时,当局有人提出,补给飞船成本高昂,或许母星系也要先顾好自己再说。当时还闹出了一场运动,叫什么'母星系优先'。"

"真是骇人听闻。"我说。

"母星系优先运动举行了集会。他们也不想让外星殖民地就此坐以待毙,完全没有这方面的意思。他们只是想引进一种贡献评估体制。换句话说,就是对所有殖民地星球进行评估,看看它们为换取疫苗的持续供应可以向母星系提供什么……"

"可是……可是……瘟疫就是母星系上的人一手造成的啊!"我说。

"话是没错,但母星系优先运动那帮人的嘴皮子功夫可厉害得很呢。"

"所以民众就起来反抗了吗?"我说着,一阵强烈的自豪感油然而生。

克拉拉扮了个鬼脸,说道:"事实上,民众抗议的是在公园里建造购物中心的事情,但一石激起千层浪。随即而起的抗议运动,就连母星系政府也无计可施。母星系上的民众好像突然间全成了政治的狂热参与者,形势非常糟糕——我和博士两个人有段时间也被卷入了纷争当中。博士真的尽力了,但当时完全是混乱的无政府局面。"

"唯一的好消息是,"博士说,"在上一次冲突中表现勇猛的雇佣兵全都被关在了这里。母星系的人民一直在想方设法把他们营救出去,可是建造监狱的时候,目的就是确保没有人能从这里脱身,所以他们的计划全成了纸上谈兵。这就是所谓一帮人凑一块儿办事的问题所在。"

"也就是说,没有出现流血事件?"

"还是有一些的……"克拉拉说,"新政府见自己不得人心,便命令士兵镇压抗议者并向他们开火,可如果抗议者就是你自己的祖父母的话,那就是另一回事了……即便如此,仍然有一些蠢货开了火,不过这种情况还是很少的。旧政权很快分崩离析,速度快得难以想象。他们认为逮捕博士后,便大功告成了。博士是外星人,是来自外星的幕后黑手。"

"实际上,我只是个游客。"博士耸耸肩,"真的,我总是跟别人说,我什么都没做,我只是过来观光的。"

"是吗?"克拉拉有些骄傲地注视着他,"上次你化解医院的导弹危机,怎么说?"

"一日游而已。"博士尽量让自己显得比较谦逊,一点儿不像他的作风。

"关键在于,"克拉拉继续说道,"自从把你们所有人送进监狱后,母星系政府就知道,你们是唯一可能取代他们的竞争对手。当他们民意高涨的时候,你们不足挂齿,可谁承想情势在一夜之间急转直下,于是你们就成了眼中钉。他们最初认为,把你们放在这里多少还算是人道,可他们并不蠢。如今,他们再也不需要第7层了,也不再需要你们中的任何人了。"

"我一直都在跟你讲——"博士表情痛苦地站起来,瘸着走了两步,挥舞着手臂,活像戏剧里的将军。"监狱的系统已经被重置了。如今监狱系统不再保护你们,其目的就是要将你们全部抹去。守卫自认为监狱系统会保护自己,可他们无非是会令当局出丑的犯罪证据而已。他们同样要被抹去。"

"可那头怪物又是怎么回事?"

"可能是他们良心有愧吧。"博士笑道,"总之,这里藏匿着什么东西,已经很久了。"

"什么意思?"

"我认为,"博士沉思道,"监狱还将对我们发动最后一次突袭。因此,我们最好在它来到之前主动出击。"

11

　　走廊内黑影绰绰，整座监狱显得阴森怪诞，令穿行其间的我们愈发觉得前路凶多吉少。我是真的、真的不知道自己该想些什么。我几乎对脚下的地面都失去了信任。如果你仔细想想的话，还是有几分道理的。监狱的一切都是人造的——仅仅只是在人造重力的影响下，我才将其称为地面。而我不清楚，当我们迈出下一步的时候，脚下的地面是否还会存在。我们开始上楼，每走一步台阶，博士的脸部就会因痛楚抽搐一下。他一步步大声数着阶梯，挣扎着爬上了楼。"真是有意思。"他嘟囔道，但没有再继续说下去。

　　我们经过一群守卫的尸体。很显然，他们和狱警之间发生了一场鏖战。

　　"没有犯人。"我说。在死人堆和牢房中都没有发现任何囚犯的尸体，但不知何故，我仍相信会遇到他们的尸体。犯人和守卫携手抗击狱警的画面，并不是太难想象。

　　"狱警都去哪儿了？"我问。

我们站在一条走廊里,头顶是螺旋状的楼梯间。我们上方的所有走廊全都空了。通常情况下,你会看到狱警从一间牢房滑行到另一间牢房,要不就是停泊在墙上,可现在全都不知去向。

博士似乎很高兴,"那些杀人机器不见了,这真是大好事啊。"

"嗯。"克拉拉说,"只不过……它们到底去了哪儿呢?"

博士脸色一沉,"问得好,去了哪儿呢?"

我带领他们来到了控制站,这里已经被破坏殆尽。第一印象是这里被洗劫了,但随后便看得出,这里是被有序地搬空了。屏幕摇摇晃晃地悬挂着,键盘吊在桌子下方。大部分电脑不是不见了踪影,就是只剩下一具具残骸。

我进入自己的办公室,里面同样空空如也,所有记录全都没了,网络终端也不见了。甚至连博士给我的蔷薇也惨遭毒手,散落在开裂的地面和碎裂的陶器中。博士捡起一朵残花,神色悲伤地拨弄着花瓣。

"看来有人将这里彻底扫荡了一遍。"

"是人还是机器人?"

"既有人,也有机器人。"博士陷入了沉思。

我们在互通网室找到了藏身其中的本特利。准确地说,她是藏在房间的一个壁橱里。当我们意识到互通网连接有多么弱之后,就专门设置了这样一个房间。成长于互通网唾手可得的环境中的人到了监狱,就不得不进入这个房间才能使用正常的互通网。

这是一个单独的房间,有一扇实心门。门已经被堵上了。

窗口传来几声枪响,我们慌忙趴倒在地。

"滚远点儿!"她尖叫道,"互通网是我的!"

我向来认为本特利是个很难打交道的人。其实这句话本还可以说得更简练点:我向来跟本特利合不来。无论我做了什么,无论我如何严格遵照规程行事,她总让我觉得自己是个冒牌货,根本不配担任典狱长。

她这样认为也并非空穴来风,但我却无力反驳。不过,在我担任母星系总统期间,我同样觉得自己是个傀儡。每时每刻,我都认为手下的某个部长肯定会揭我的短,说我是个完全不知道在干吗的蠢货。事实证明,他们的确在密谋将我拉下马。从某些方面来说,这让我松了口气;但从另一些方面来说,也不是一件好事。

每天,本特利都会很含蓄地提醒我,我和我管理的犯人一样,不过是个囚犯而已,所以她从来都不会直视我的眼睛。我也知道这就是为什么我的终端连不上互通网,为什么狱警偶尔会表现出迟疑——尽管微弱得难以察觉——然后才会执行我的命令,以及为什么几乎没有守卫会认同我。

本特利不愿让我拥有任何安全感。本来，典狱长的职位非她莫属，却被我给窃走了。虽然事实上监狱是在她的掌控之下，但她永远也无法原谅我。她无时无刻不想让我记住，这座监狱就是对我的惩罚、对我的羞辱，而她乐在其中。

老实说，早期的时候，我根本不需要她来提醒也明白自己处在多么绝望的处境之中。可随着时间的流逝，我自觉越来越有安全感了，几乎快要以一副平和的眼光来看待自己的流放了。

没错，我以前的朋友都不肯原谅我，他们将我视作叛徒，甚至都不屑于看我一眼。当然，还有玛丽安，她一开始对自己的牢狱生涯倒是抱着坚忍顺从的态度，但随后就彻底崩溃了。她提出要见我，我还记得本特利带她过来时的情形，她扬起眉毛，好似在说："哦，这下有好戏看了。"我的前特别顾问站在我的面前，浑身战栗，告诉我说，她再也受不了被关押在监狱里，必须释放她。

我尝试安抚她，可她无论如何就是听不进话，一直朝着我吼，直至本特利不得不态度温和地将她带走，用平静的语调和她交谈。我本以为会就此风平浪静，可谁知接下来就是她那次惨不忍睹的越狱。

在那之后……至少没人会再琢磨越狱这档事了。直至博士到来。

博士正在和本特利交谈,他说话的语气缓慢而有分寸,充满理性。

"听我说,本特利,我是428号,我只是想和你谈一谈。"他谨慎地朝她挪了几步,瘸腿的样子有些夸张,也略有些可怜。

"428号——你必须称呼我为'长官'。"

"你不觉得'女士'一词会更适合一点吗,女士?"

"'长官',要不然我毙了你。"

博士轻轻叹了口气,"好吧,如您所愿,长官。"他伸出双手,安慰她道,"你带了枪。我向来特别尊重枪和持枪的人,一直如此。"他对克拉拉眨了下眼,然后低声对她说,"克拉拉,我现在需要你把你带3B班的那套本事全拿出来,可以吗?"他要干吗?我不由想到。

"听着,长官,接下来会发生什么我们都心知肚明。你有枪,有这扇堵上了的门,你控制着互通网,你掌控着所有的权力。而我们呢?呵,瞧瞧,一个罪犯,一个失败的政客,还有一个穿着礼服的女孩。"

"说什么呢?"克拉拉挥挥手。

本特利的脸出现在门窗上,她盯着克拉拉。

"她?这人从哪儿冒出来的?"本特利听起来前所未有地畏惧。

"哦……"克拉拉说,"我是从外头来的。准确来说,我是在押候审中,对吧?"

我点头赞同,"因为涉嫌破坏监狱财产。"

"她不过是个满嘴谎言的骗子!"本特利吼道。

"嗯,不能这么说。"克拉拉说道。有那么一瞬,她好像有些恼怒,但很快就恢复了甜美的笑容。她向前走了一步,把挡在前面的博士推开,我这才意识到她根本不害怕用枪指着自己的本特利。"我能不能确认一下——你是管事儿的,对吗?"

"是的。"

"我也觉得不会是典狱长,我是说……真的,你瞧他那样儿。"

我皱起了眉,有点遭背叛的感觉。

"没错,他从来都没有真正掌过权。"本特利龇牙咧嘴地说,"上头跟我说应该归他管,可要绕过他实在太简单了。取得他的指挥权易如反掌。他太弱了。"本特利一字一句地说道。

"哦,对,对,他确实太弱了。"克拉拉表示赞同。奇怪的是,她离门特别近。"知道吗?我是个老师。"她摆出了一点对话的姿态,"我班上全是像他那样的男生。但他们表现都挺好的……差不多吧。当然算不上特别出色,可也算不上糟糕。他们只能完成一点点课后作业,每次都是勉强合格。"

"他们会做阅读,但却不能理解内容。"本特利出人意料地插话道,"我以前有个朋友——叫吉莉安。"我意识到她是在说唐娜森。太可悲了,我明明知道她的名,却从未用过。"她在当守卫前也是名老师。她说教男生就是这样的。"

"对的,对的。"克拉拉热情地点着头,"知道吗?博士简直跟3B班的那帮男孩子一个样儿。"

博士严肃地点点头。

"所以,"克拉拉继续说,"就我们俩……告诉我这里究竟发生了什么吧。我是说,那帮男的一辈子也想不明白的,他们理解不了。"

"啊……"本特利还没有那么蠢。"我凭什么要告诉你?"她冷笑道,"你是博士手下的人,你是他的同谋。"

克拉拉把手放在臀上,大声笑了出来。她的笑声魅力十足,人们总是说"她的脸都散发着光芒",可如果不是亲眼见到,真的很难想象。我突然特别渴望曾经和海伦生下过一个女儿,她一定会和克拉拉很像。

"我怎么就成了博士的手下?"她眼珠骨碌一转,咧开红宝石一般的嘴唇笑道,"得了吧,他是我的手下还差不多,他只是我的代言人而已。拜托,如果他真的是老大,你觉得他会蠢到让自己被逮到监狱里头吗?"

博士哼了一声。

"他会闹出很多动静,而我只会安静地处理事情。"

"我也是。"本特利承认道。她打开门,站在由桌椅构成的障碍物后方,面对克拉拉。而她手中的枪依旧瞄准克拉拉,只要她扣下扳机,克拉拉就会被打成肉酱。可克拉拉仍是一脸不在乎。

"好了,"克拉拉摆出谈正事的姿态,"我知道你很聪明,不会相信我。但我敢打赌,你现在才……怎么说呢……对母星系有点儿失望?对吗?像你这么能干的人,最后一定弄清楚了系统故障背后的原因。而且他们也承认了,还让你相信监狱关闭后所有的守卫都会被营救出去。怎料狱警却对你们所有人发动了攻击,而且你发现母星系根本没有理会你在互通网上发布的警告。我说的对吗?"

本特利盯着她看了许久,"对,我们被隔绝了。"

"终于恍然大悟了,是吗?"克拉拉皱起脸,露出哄人的同情表情。

"他们不想留下任何幸存者、任何目击证人。"本特利低沉着嗓音说道,"不可能逃出去,唯一的途径是……第7层。"

克拉拉点点头,"别担心第7层了,我把所有人都救了。"

"你在撒谎。"本特利愤然低声说道。

"我干吗要撒谎?"克拉拉有点急了,她的耐心快要被磨光了。"所有人都很关心上面的孩子,而且我还不得不和那个恶心的家伙坐同一艘船……呃,他叫什么名字来着……神棍是吧?一路上不停地给我算命，还跟所有人说他早就料到会发生这茬了，但同时又一脸庆幸地在那儿哭。他还让我给你们打个招呼。哦对了，还有一件事——"克拉拉的眉毛挤在了一起——"你早就知道第7层会被攻击了。"

"可我阻止不了。"本特利说，"我根本不知情。"真是自相矛盾，我曾经是那么信任本特利，结果她一直以来都在和我秘密作对。

"我相信你肯定尽力了。"克拉拉说着，给我投来一个警告的眼神。我正准备说当初本特利明知道进入第7层的人会死，却还组织人登船并亲自点火的事情。可看到克拉拉的眼神，我闭上了嘴。

"所以，"克拉拉继续说道，"你肯定尽你所能了，更何况母星系的人还说他们会来接你走。可他们没来，是吗？"

"是的……"本特利承认，"而且再过几个小时，所有系统就会完全关闭。生命维持系统已经快要失效，防护阵列还在狂轰滥炸。如果没被狱警逮住杀死，那我们不是冻死、窒息而死，就是被炸死。"

"事实上，那都不成问题。"克拉拉坚称，"我的飞船还在呢。"

"没用的。"本特利有些幸灾乐祸，她特别喜欢占据上风时的感觉。"我看过防护阵列轰炸这颗小行星表面后的效果，简直就是犁了一遍。如果你的飞船停在停机坪的话，恐怕连灰都剩不下。"

克拉拉摇摇头，"我那艘飞船可是很结实的，不可摧毁，牢不可破，这也是我留下博士给我当司机的原因之一。虽说他的驾驶技术无药可救，但他的船嘛……相信我……他的船哪儿也不会去。我可以带你过去，跟我走吧。"她继续说，"来吧，放下枪，出来，你和我一起去找飞船。别担心男生。"她指的是我们俩，"他们会好好的。"

本特利犹豫了片刻，然后从互通网室走了出来，细细打量着克拉拉。本特利仍然拿着枪，只不过放到了身侧。

"枪我得带着。"她不容置疑地说，却又带着一丝小孩耍脾气的神色。

"早就猜到了。"克拉拉说，语气里有些遗憾，"你就是这种人。快来吧，我们一起去找飞船。"接着她转向博士，"你们两个，看看还能不能找到其他幸存者，停机坪见。"

说完，她俩便平静地离开了控制站。

博士转向我，长长地舒了一口气。"我也不知道为啥，但我再也忍受不了拿枪的人了。以前我还不太在意，可现在……只怕是老了吧。"说着，他痛苦地朝互通网室蹒跚而去。"但不管怎么说，至少能和外界联系了。"

"克拉拉呢？"

博士一瘸一拐地朝前走着，然后弯腰坐在互通网终端面前。"她已经玩转了'带3B班上历史课'的套路，对这种局面早已见怪不怪了。"

他敲打着键盘，尝试接入互通网。"真有意思。"他说，"这根本就是拨号上网嘛，只不过没人在一旁发牢骚。我应该很快就能得知母星系上究竟发生了什么事儿，再给我点时间。"

就在这时，我们听见走廊里传来了尖叫。

12

外面长长的走廊空无一人，没有本特利或克拉拉的任何踪影。博士站在交叉路口，大声呼喊着克拉拉的名字。然后他开始向前跑，跌跌撞撞地跑了几步后，发出了痛苦沮丧的号叫。他停下，转身摇摇晃晃地朝我走来，一脸怒不可遏。

"你！"他用手指猛戳着我，"全是你的错！"

"也许吧。"我阴沉沉地赞同道，"可为什么这么说？"

"因为……"博士停顿了一下，"算了，你自己去想吧。我很忙。"可他只是站在那儿，根本看不出忙碌，而是一副怅然若失的样子。

"她们被狱警抓到了吗？"

"你这问题有用吗？"博士厉声道，"如果是狱警，早就上来直接把她们杀了。所以不是狱警，而是之前那头不明身份的怪物。"

"可那怪物不也嗜血成性吗？"

"是的，而且还会把尸体随意扔弃，但它也会抓俘虏。所以，她生还的可能性——她和本特利生还的可能性还是有的——尽管微乎其微。不过我得告诉你，我最关心的还是克拉拉。"

"我也是。"

"而且——"他的面部扭曲得厉害，"本特利会没事的。她很有威严，还揣着枪。出不了错。"

我咳嗽了一声，"博士，恕我直言，我还是比较喜欢你以前没那么歇斯底里的样子。"

"相信我，我以前都把天上的星星给吼下来过。"

"可是……如今整座监狱都要崩塌了，母星系的境况也没好到哪里去，你不觉得有更重要的事情要做吗？而不是，呃，不是……"

"继续。"他的声音透出一股死亡气息。

"……而不是为了个姑娘心急。"我无力地讲完了这句话。

他转过身，脸部略有些抽搐。

"她的安危就是最重要的事，你难道不这样认为吗？"

的确，我也很喜欢克拉拉。于是我点了点头。

博士朝我轻轻笑了笑，几乎难以察觉。

"我只是在说，呃……"我有些结巴，"我只是在说该说的话而已。"

博士举起一只手，"典狱长，"他说，"从现在开始，请你不要再说什么该说的话了。释放出最真实的自己吧，是时候让你的本性重见天日了。"说完,他消失在了控制站里。

博士检视了被破坏的控制站后,开始察看监狱地图。

"有东西藏在监狱里——更准确地说,你们对监狱里的某种东西一无所知。"说着他挥手指向地图,"你看,我们总是很信任地图,我们也不得不信任,否则整座监狱就无法运行。对于一张地图,我们总是会怀疑上面的海岸线是否完整,或是否遗漏了某些商店。可假如地图本身就是这个谎言的一部分呢?"

我看着监狱地图。一切都再熟悉不过了,里面的每个角落我都一清二楚。总共六层空间,还有通向第7层的管道。

"问题就在于,"博士说,"它只是一幅计算机图像,并不是真实的,如果想找到克拉拉和本特利,必须有真实的信息。幸运的是,系统里配备了最灵敏的扫描设备。但这套设备是用来搜寻从太空中接近监狱的飞行器的。现在,我准备把它对准内部,不过这需要……"博士说着蹲下身,在一台终端的残骸下方查看。

"需要一台购物车。"他从底下现身,说道。

"什么?"

"购物车……购物车……玛琦·辛普森[1]。"他高声说道,

---

1. 动画片《辛普森一家》中的角色。

像表演哑剧似的比画出几个神秘的动作。"这是来自阿斯托里亚[1]的一种古老的舞蹈动作。我是想告诉你,我需要拿到我的那辆反重力手推车,里面装满了我从工具间里偷来的各种好玩意儿,其中就包括一个网络集线器控制器。"

"那是什么东西?"

"就是一种'好玩意儿'。"博士笑道,"你尽管把东西给我拿过来就行,节省点时间。如果我没记错的话,应该是停在第4层的楼梯处。能麻烦你替我跑下腿吗?"

"就我一个?"

"就你一个。"博士用力拉拽着电缆,"我忙不过来,行动又不方便。而且碰到狱警的话,它们会放过你的,你毕竟还是典狱长。"

"我想这才是它们要杀我的原因吧。"

"是吗?那就只能祝你好运了。"博士咧嘴一笑,继而消失在控制台下。

"我,呃……"

"你还剩十分钟。没有网络集线器控制器的话,我会大发雷霆的!"他冲我吼道,"赶紧去吧,典狱长。"

"我也是有名字的。"我说,感觉有些受伤。

---

1. 美国俄勒冈州城市。

"谁没有呢?"他的声音低沉,有些模糊不清,"不过现在听你介绍自己的名字有点晚了,你觉得呢?"

于是我让他留下处理事情,自己找到了楼梯。如果非得说我有什么感受的话,那就是我一点也不开心。我没有枪,什么都没有,只有脸上一副紧张兮兮的表情。尽管我知道博士和克拉拉一直在长廊里跑来跑去,但我仍然感到深深的孤独和恐惧。

从理论上讲,其实一切都很简单明了。爬下四层楼梯,拿到博士的手推车即可。但是楼梯井里的灯光早已消失了,我只得将通信器紧紧绑在身上,勉强依靠它放出的光来照亮前方的路。通讯器每次都只会亮五秒钟,接着就会熄灭,但足以让我看清方向,绕过地上的死尸。

时不时地,小行星会颤抖和倾斜,因为防护阵列依旧在连续轰击小行星的表面。虽然监狱本身足够坚固,但即便如此,总有一刻会导致爆发性减压。也许那时就到我的大限了吧。我会发出惨烈的尖叫被吸入外太空,所有的烦恼忧愁也会结束。我再也不用担心会不会弄砸自己的人生,只需享受这最后仅剩的宁静。

想到这儿,我笑了。

我的通信器响了。一开始我听到了呼吸声,我差点回话,但某种直觉让我闭了嘴,只听见呼吸声和另外的噪音在耳边萦绕。那是一阵有规律的滴嗒声,接着传来了人声,是本特利,听起来她似乎遭受了巨大的痛苦。

"求你了……放我走……抓她……"

"谢谢。"

很显然,是克拉拉的回答。

"你干吗要这样?我们对你到底有什么用?"

越来越大的拖曳声。

"没错。"又是克拉拉,"我只是个游客,而这里的风景一点也不迷人。"

又是一阵拖曳声。

本特利再次开口了:"你把我们一路拖到了这儿,到底要把我们带到哪儿去?"

"对啊。"克拉拉的声音听起来有些僵硬,"我是说,我们究竟在哪儿?能告诉一声吗?"

"好吧。"本特利说话了,"我们在第——"她突然痛苦地叫出了声,接着通信便断开了。

我浑身颤抖着继续下楼。

紧接着,我听到了另一个声音,那是狱警滑行的声音。我此时正处于第3层,还剩一层。但令人深感绝望的是,往下的楼梯已经被碎石堵得严严实实,更何况,门后传来的声响毫无疑问来自于一台正在滑行的狱警,它正静候着我的到来。

若是换了克拉拉，定能将它迷倒；若是换了博士，定能将它吼开；而我在技能上却乏善可陈。也许它会服从我吧——至少博士是这么想的，但这可能性微乎其微。整座监狱真正服从我的没几个。我已大汗淋漓，大气不敢出地蹲伏在黑暗中。可门后的狱警根本没有一丝要走的迹象。它察觉到我了吗？有可能。

我往上爬了几步，在尸体之间寻摸后退的路，看看能不能从他们身上搜罗出些许用得着的玩意儿。一阵强烈的嫌恶感向我袭来。正是由于我，他们才死的，而我却还在翻他们的口袋。一路下来，我一无所获，仅摸到几把钥匙，真够讽刺的。

于是，我重新爬下楼梯，开始思考下一步的计划。我很快来到楼梯间门后，猛地将门推开。

只见狱警正滑行到楼梯平台上，腰身上的灯照亮了残破的楼梯间。接着它左右旋转，想要确定我的方位，同时伸出触手，发出致命的噼啪声。我连忙将一把钥匙扔向左边，于是狱警朝左边滑去，开了一枪。与此同时，我抓起一块石头，狠狠砸向邻近它充电端口的后脑，之后又来一下，砸碎了它身上的灯。

狱警被砸得晕头转向，反复前后移动。我赶紧一个箭步冲到左边，抓起钥匙，夺门而出，随后将门关上。我拿出一把钥匙插进门锁，没有用，于是继续尝试。终于，第四把是对的。

狱警在撞击着楼梯间的门，金属铿然作响的声音充斥着门外的长廊。回来的时候绝不能走老路了，说不定更多的狱警正在赶来的路上。

我的通信器响了。

是克拉拉,她的声音很低。

"嘿,你好啊。"她说,听上去很无所谓。

"你在哪儿?"

"这我还真不清楚。"她说,"但肯定不是啥好地方。博士和你在一块儿吗?"

"没,我出来替他取东西了。他正在想方设法找你们。"

"原来如此。我也不知道自己在哪儿。刚才走了之后,我们就被打晕了。"

"谁打晕了你们?"

"我只能告诉你我一点头绪都没有,因为如果我真的告诉你的话,你肯定不愿意听的。"

"好吧。你们害怕吗?"

片刻的沉默。

"是的。"克拉拉回答道,"赶快行动起来。"

"我会的。"我说,"可如果有东西藏在我的监狱里的话,我……呃,我需要……"

"我很确定那东西破坏了不少规定,也许你该给它好好上一课。"

"谢了。注意安全。"我说。

"嗯嗯。去找博士吧,快点。"克拉拉结束了对话。

就在我们俩交谈的时候,我穿过监狱工作人员住宿区的过道,下到了第4层。

整个牢房区显得极其怪诞和混乱。尽管这里一直以来都不是什么宜人的场所,但现在,这里空空荡荡的,氛围更为死寂,令人惶惶不安。监狱本身故意建造得很局促,到处挤满了人,可如今却什么都没有了,甚至看不到气势汹汹巡视的狱警。

我的脚踏在金属楼梯上,回音有如霹雳一般响亮。但不知为何,我成功下到了第4层。

博士的手推车将一扇门给顶开了。显然,狱警和守卫在长廊上发生了一场火并。一个狱警侧身倒在地上,外壳已经碎裂,触手虚弱地抽搐着。好几名守卫扭曲着倒在墙边,似乎守卫并没有赢得这场战斗。

在门后的黑暗中,一阵不祥的滑行声渐行渐近。我得赶紧离开。

然而,手推车破损实在太严重,根本推不走。意识到自己根本不可能把手推车拖回控制站后,我只得将车里五花八门的垃圾塞进自己的口袋,祈祷其中某一个就是网络集线器控制器。紧接着,我以最快的速度回到了博士身边。

控制站里混乱场面更甚。将近半个互通网室的东西都被拖了出来,连接到了一个终端里,博士正在终端下方捣鼓着。

我将所有的工具一股脑儿堆到了地上,叮当作响。

"博士,我——"

一只手从控制台底下伸出来抓住一大把工具,挥了两下,然后扔开了。接着,那只手开始在那堆垃圾中四处翻找。

"博士,听着,克拉拉和本特利,她们还活着——她们呼叫了我——"

"网络集线器控制器!"博士腾地一下从桌子底下冒了起来,手里拿着一个我带来的东西,接着急急忙忙把那个东西接在了互通网系统和他一直捣鼓的终端之间。"你们这里互通网连接装置的问题在于,将信号传送至母星系的能力简直太垃圾了。但如果使用本地传感器阵列的话,效果应该会挺不错。我只需要让传感器朝里而不是朝外,然后……然后……"

他一直捣鼓的那台终端发出一声巨大的"当",发光的监狱地图随即熄灭。

我看着博士,说:"克拉拉说她们现在有很大的麻烦。"

"当然了,她们的确麻烦不小。"博士依然盯着黑漆漆的屏幕,"快点……快点……快点……"

屏幕闪了一下。

"更新中……更新中……"

博士信心满满地继续操作着。

屏幕再次刷新。

"目前正在安装83个更新中的第1个。更新过程中请勿关闭本终端。"

博士发出沮丧的怒吼。我本想说点什么,但他瞪了我一眼,我没有说出口。

"这没有拖后腿。"他低声自言自语,"现在正是研究下一步该怎么做的好机会。"监狱地图重新显示了出来——那是一张包含整个小行星的地图。随着传感器阵列完成扫描,越来越多的细节填满了地图。

博士发出胜利的呼喊:"你看到没?"

我第一眼看上去,感觉并没有什么不同。

"哦,简直妙不可言!"博士叫喊道,"到这里的路上我数了步子。在第7层和第5层之间……我发现多了几个台阶——每两层之间都有少量多余的空间。"说完,他用手指戳到地图上一块我此前从未注意过的阴影区域。

"那也许只是屏蔽墙吧。"我说。

"抵御什么的屏蔽墙?"

"不清楚。"我说,"也许是太阳辐射?"

"瞎扯。"博士说着,欣喜地指着地图。随着传感器阵列完成扫描,那片阴影区域变得愈发清晰,显示出在第5层和第6层之间有一间密室。

"那是什么?"

博士没有回答,而是拖着腿朝门口走去。"你下到第6层的时候,发现里面是空的,对吧?"说着,他一把拿起一台几乎坏掉的平板,用胶带粘了起来。"因为你们会把不想看见的犯人放在第6层里,所以当那里被逐渐清空时,自然也不会有人注意……"

"什么?"

"所有牢房都被打扫了一遍,清除了居住者留下的一切痕迹。那里已经空了一段时间了。"博士拿起平板,翻动着一大堆电子表格,我很确定他本人是不可能获取这些表格的权限的。"我跟你说过,让你去核查监狱运行日志记录。那里面记载了所有电力波动发生的日期,而这些图表则显示了那些不可救药的犯人被转移到第6层的日期。你没觉得这两份数据惊人地相似吗?"

我们走到了楼梯间,博士开始以最快的速度拖着他的瘸腿下行,双眼在黑暗中闪着光。"恐怕你们已经饲养那玩意儿很长时间了。"

"你是说抓住克拉拉的就是那玩意儿吗?"

博士点点头,"而且它现在很饿。"

令人气愤的是,我们并没有立即前往第6层。相反,博士带我来到了侧厅,那里是医务室。阿巴茜手持一把步枪,守在门口,见到我后连忙敬礼示意。

"很高兴你能来,典狱长。"她干巴巴地说道,然后又拿起了枪,"这是我从一名逃跑的守卫手里拿来的,已经充满电了。他甚至连开枪的意思都没有,而是径直朝着一台狱警冲了过去,没撑多久就挂了。"

"原来如此,总之很高兴见到你还活着,203号,呃……阿巴茜。"

阿巴茜向博士敬了个礼,不再语中带刺。"我已经按你的指示照办了,长官。"她说道。长官?

"你的指示?"我有些语塞。

博士向她回礼,"谢谢,少校。病人在哪儿?"

阿巴茜将我们带到了医务室的后方。

"你不是说受不了拿枪的人吗?"我说。

"可我在危机当中是很灵活的。"他承认道,"更何况……阿巴茜是个好人,开枪前会经过深思熟虑。"

"她可是名雇佣兵。"我不屑地说。

阿巴茜听到我的话,转过身,朝我们露出威慑性的笑容。"继续说。"她说。

"是的,"博士接过话茬,"阿巴茜的确是名典型的雇佣兵，也就是说，幸存下来才是她的头等大事。除此之外，她再无任何目的。"

"没错。"阿巴茜说着，举起枪对准了我。我努力抑制住自己的畏缩，可却没能成功。"也许，还是有个小小目的的。"她说着，放下了枪。

阿巴茜拉开一块帘子，帘子背后是玛丽安·格洛伯斯，她躺在椅子里，睡得很熟。可怜的玛丽安。

"给她注射了镇静剂。"阿巴茜称，"你想让她醒过来吗？"

博士细细打量这副处于昏睡状态下的身躯。"如果她醒来的话，会痛苦不堪的，是吗？"有时，他的声音听起来特别和善。

阿巴茜点头道："她现在每况愈下。"

博士向前走了几步。"好吧，那就别叫醒她了。"他低声说道，"我尝试用心灵感应和她交流一下。"

好像这是人人都会做的事情一样。

阿巴茜怀疑地看了博士一眼，是那种我自从第一眼见到428号后，就一直挂在脸上的怀疑表情。我们究竟应不应该信任他？

博士把手轻轻放在玛丽安额头上没有受伤的地方，闭上双眼，陷入深深的冥思。随后，他长长呼出了一口气，而在遥远的某个地方，迷失在美好的无梦睡眠中的玛丽安突然微微地动了一下。她的手有些痉挛，流着口水的嘴里发出轻声的呢喃。

博士自顾自地点点头,又闭上了眼睛,脸颊一侧的肌肉抽搐了一下。但除此以外,他全身上下都保持着静止。

然后,博士开口了:

"你待在那边,玛丽安。没事的,如果你愿意的话,好好待着就行了。没关系。你我之间隔着无法估量的痛苦,我必须承认,其中一些是我的,但绝大多数都是你的。没事的,你没必要跨过这些痛苦,我会朝你走过来。不要心急,没关系的,我会给你带点饼干。"

他脸颊上的抽搐变得愈发明显了。只见他再次长长地呼出一口气,粗糙得犹如锯齿。整个过程中,博士的声音一直都很柔和,令人安心。我注意到他的嘴唇根本就没动过。

"介不介意我加入进来?看上去足够两个人待的。好的,你好。我们似乎还从未正式自我介绍过吧?你就是大名鼎鼎的玛丽安·格洛伯斯?你好,我是博士,很高兴见到你。是不是已经很久没有人来拜访过你了?既然如此,不如我们闲聊一下如何?让我想想——

"别啊,别啊,没事的,你用不着哭。没必要,没事的。来吧,虽然我算不上一个很喜欢拥抱的人,但这又有什么关系呢?一次而已,嗯?这就对了,没事的,玛丽安。发生在你身上的事的确很悲惨,但这不是任何人的错,是场意外。无论你做了什么,都不该经历这一切。听我说,所有人都免不了做坏事,可我们同样也会做好事，这本身就挺有趣的。脑子里永远都要想着培根三明治，不要去想事后还要洗碗。"

博士再次皱起了眉头，"噢……噢……我明白了。真的吗？我很抱歉。待会儿我会再跟你讲的。不，我保证，我肯定会处理的。那好吧，当然了，我之所以来这儿是因为我需要你的帮助。我知道，我刚才说过要给你带饼干，但那只是我施展个人魅力的方法而已。哦，得了吧。难道我没有魅力吗？现在我就在展开我的魅力攻势啊，只不过会被人误会，然后导致消化不良。通常都是克拉拉会这样觉得。

"我跟你讲讲克拉拉的事吧。她才是真正值得我去拯救的人。每当我迷失在宇宙之中，她都会天涯海角地去找我。因此，我至少应该尽我所能在这块冰冷的岩石上找到她。而要找到她的话，就需要你出手相助。因为在监狱下方藏着神秘的怪物，你见过它，从它手里幸存下来，这就是你如此不可思议、如此至关重要的原因。所以，我想知道你愿不愿意与我携手？听起来我们两个都有一笔账要算。

"你答应了？太棒了！来吧，玛丽安·格洛伯斯，让我们离开这儿。"

他轻轻地握住玛丽安轮椅的后背，将轮椅推了出来。玛丽安的身体就接在一个狱警的基座上。

就算我曾经自以为掌握着监狱大权，现在也早已清醒。我只是跟在这个奇怪的男人背后，推着那位曾经是我好友的人所残余下来的身体，阿巴茜则在一旁护卫着他俩。这名雇佣兵手里拿着一把硕大的枪，急不可耐地想要扣动扳机。我知道博士曾说自己不喜欢枪，但如果我手里有一把的话，也许能够帮上忙，尽管我从未真正开过枪。

在狱警们前来围堵前，我们已经走到了下面一层。可它们其实一直在伺机以待，直到我们抵达走廊。两侧都是墙，它们从停泊站滑出来，将我们团团围住。

阿巴茜开枪了。

博士冲她大声呼叫，让她别开枪。但她是一名训练有素的雇佣兵，而雇佣兵有时候只会依赖自己长期以来养成的直觉。她的子弹打入机器人的外壳，狱警浑身震颤，但仍然前仆后继。

博士忽然开始大声说这只不过是在浪费子弹，但其实所有的子弹都是废物。你知道，有时候博士确实显得有些一根筋。在我统治母星系的时候，必须时不时地和这样的人会面，毕竟我们是开放的政府。你可以避开大部分会议，但如果能和那些怪胎见面的话，就会为你的形象加分。有意思的是，如果我在现实生活中遇见博士的话，我一定会避之唯恐不及。但现在，被困在这座太空死亡监狱中，还被杀气腾腾的机器人围困住，博士似乎成了我所能依傍的最佳人选。尽管他对自己的言论确实有些自恋。

狱警向我们靠近，一路滑行，一路颠簸，子弹嗖嗖地从它们的身旁穿过。它们伸出触手，拍打着利爪和螯钳。爆裂枪开始充电，就连空气都发出危险的噼啪声。看来它们已经给自己的外壳通上电了。

我看了看可怜的玛丽安，坐在轮椅上的她显然已经迷失在遥远的梦乡中。她几乎笑了。这一次，在最终时刻到来前，她将不再有任何感觉。这应该是件好事吧。可怜的玛丽安，我真的很抱歉。

狱警包围了过来。

然而，接下来发生的事情有些出乎意料。

首先忽略掉阿巴茜一发流弹击中我肩膀这件事吧。她不是故意的，而且也只是皮外伤而已。她只是没有料到我会突然站在她的枪前面，站在她和狱警之间。

博士满脸惊恐地盯着我。不需要心灵感应我也猜得到，他一定在想我干吗要做这么愚蠢至极的事。

我站在那儿，站在我的……我的朋友和狱警之间。

"狱警们，"我说，"你们得到的命令是什么？"

狱警习惯性地没有说话。部分型号配备有简单的词汇库。

"别动。"我前面的一个狱警说道。

"别动？要我别动？我可是你们的典狱长。"

"别动。囚犯,停下。"

"你们想拦住我们所有人吗?"

"命令:别动,囚犯。"

"你们认为我们是囚犯?就这样?"

我惊恐地意识到,原来这个狱警离我如此之近。身边的空气散发出电流的恶臭,我脖颈后面的寒毛也随即竖起,而狱警仍然在一点点逼上来。

"囚犯,别动。"

"我不是囚犯。我重申一遍,我是你们的典狱长。我命令你别动。"

"未识别出'典狱长协议'。"

我想说的是,生活有时会让你看清一些东西,而我以前曾看错了很多。但正如博士所言,所有人总会有正确的时候。"定义你的优先命令。"

"优先:连锁失效反应一旦启动,对囚犯的定义将扩展至监狱里的所有生命体。必须采取致命武力对所有囚犯进行控制。此为紧急预案。"

狱警滑得更近了。

阿巴茜举起枪,准备再次开火。

博士的手放在我肩膀上,准备拉我回来。

狱警已近在咫尺,它身旁的电场触到了我手臂上的皮肤。

"紧急预案会被医疗疏散方案所取代。"我说着,指向身后的人,"她——"我指向玛丽安,"是一名危重病患。扫描她吧,我和阿巴茜是她的守卫。而这位——"我拍了拍博士,"是她的指定医师,因此构成了四个人的队伍。符合紧急预案的规定。"

狱警检查了一遍,"医疗疏散方案被取代。"

"不。"我仍坚称,"难道我说的不对吗,博士?"

"你说的很对。"博士听上去胸有成竹,"医疗疏散同样属于紧急预案中的情况。"他肯定地点点头。不知道他什么时候用什么方式读过了监狱手册。他只是冲我眨眨眼,让我瞬间受到了鼓舞。

"况且,"我继续说,"在你们执行紧急预案之前,我们就已经在执行颁布了的医疗疏散方案,所以它不得被取代,它属于优先操作。"

狱警们审视了我们一遍。"医疗疏散发生在何处?"带头的狱警问道。

"我们正在将这名犯人送往第6层,送到……"我实在编不下去了。

"送到安全区。"博士成功地接过了我的话头。

"一旦医疗疏散结束,将启动处决协议。"狱警告诉我们。

"那是,那是,当然了。"博士听上去显得有些烦躁,"等我们救活她后，请务必想方设法杀掉我们。或者，"他说着，神秘地朝狱警靠去，"如果你们把我们直接转移到安全区的话，速度也会更快。怎么样？"

狱警们协商了一会儿，然后同意了。

就这样，狱警成了我们去到安全区的护送者，简直难以置信。监狱里所有人都对安全区的情况一无所知，但狱警自始至终都知道安全区的位置，只需要问它们就行了。

"机器的逻辑就是这样。"博士窃笑，"屡试不爽。"

"你是否具有移动方面的困难？"一个狱警注意到博士走起路来一瘸一拐，于是伸出了触手。

"只是伤了一根脚趾罢了，没事儿。"博士对它说，"你可别现在就处决我，那样的话，对我们病人的健康可没啥好处。"

狱警考虑了一下，但仍然高度关注博士受伤的脚趾。"你的状态对优先级医疗疏散造成了障碍。"它说着，向后退去，"待在这里别动。"

"你想干吗？"博士问它，"不要妄想甩掉我，然后找个替代者。监狱里再没有其他医护人员了，你们把他们都杀光了。所以，你就别管我瘸不瘸了，本来也不是什么大事。"

狱警思考着他的话。

"也就只耽误一会儿工夫而已。"博士重复道，然后指向楼梯，"走吧？"

狱警思考了片刻，然后朝博士的脚开了一枪。

博士惨叫着摔倒在地。

"现在你的受伤程度已经可以让我们来扛你了。"狱警自以为是地说着，扛起了博士。电梯门打开了。"效率已经提高。"

"机器的逻辑就是这样。"我忍不住对博士说道，"屡试不爽。"

搭一次电梯，你对建筑的了解就能增进不少。

母星系议会大厦的电梯令人印象深刻，像是一个个玻璃箱子，营造出一种让人敬畏的感觉。

而穿行于监狱中的电梯仅仅只用于紧急运输，就像是单调的灰色盒子。犯人和守卫只能使用楼梯，只有狱警才有进入电梯的通行钥匙。明眼人由此一眼就能看出这里真正掌权的是谁，可惜现在也只能耍耍事后聪明了。

我看了看随行的乘客，根本无法从他们身上读出什么信息。狱警完全是冷若冰霜的样子，玛丽安已经睡着了，阿巴茜则直勾勾地盯着前方，而且说实在的，我确实不怎么喜欢和博士进行眼神交流。

于是，我只能看着显示楼层的灯接二连三地亮起，我们在第4层，底部是第6层，再下面是第7层停泊区的灯，最后我们停在了第6层。狱警的爪子插入一个插座。随着一阵轻微的颤动，电梯抖动一下，然后继续下行。

现在，博士脸上的表情已经非常令人无法忽视了，那是胜利的表情，和"我早告诉过你"的表情混合在一起，而且其中还带有些许"我可是中了枪子儿的人"的神情。我从未想过第7层的阶梯比其他层要多，一直以来，通往第7层的路的确会稍远一点，但在合理的范围之内。思考这类问题本来也不是我的职责。别胡思乱想了，这不是我该做的事。

电梯发出刺耳的刮擦声，随着一阵颤抖，终于停了下来。接着，门开了。

我们走出电梯，步入了这片本不存在的空间。

"哦，天哪！"博士说道。

13

血囚房的问题在于,它的一切都显得不对劲儿。

比较容易描述的是房间的形状。这是一个石头制成的巨大立方体,而之后在这里发生的事嘛,想象一个被允许为所欲为的疯子能干出什么吧。

让我再试着描述一遍吧。

一切都是同时发生的。所有人似乎都在动。所有人也似乎都没动。

我能感觉到狱警从电梯口滑行而来,分别站在我们两侧。作为护送者,它们看上去荒唐得像是婚礼上的鲜花拱门。还记得最后一次我走过鲜花拱门的时候,我的朋友们也是这样站在我的两侧,眉开眼笑,而我牵着海伦的手,向前走着。还有彩色纸屑呢,那真的是我这辈子最幸福的一天。

如今,我却在杀人不眨眼的机器人组成的路障间穿行。和我并排前行的是一个训练有素的杀手和一个不省人事的昔日好友;身后是博士,他在一个狱警的怀抱中不停地扭动着身子。

整个局面,整个血囚房里的视野,就好像博士同时做了两件事似的。现在回过头来看,我都不知道整件事是怎么发生的。

一方面,博士叫出了克拉拉的名字。

另一方面,正当我们穿过机器人组成的令人恐慌的拱门之时,他又哼唱起了《卡门》里《斗牛士之歌》的调子。你知道的,就是"当当嘀当当,当嘀当嘀当……"的调子。

我本来差点笑出声,但血囚房实在是……唉,我还是没办法描述出来。

很快,我就看出博士此前到过类似的地方,这种只存在于梦魇里的地方。

率领过好几场战斗的阿巴茜见到血囚房后,嘴里骂骂咧咧地转过身,对此极为反感。我不知道转身对她而言有没有帮助。这里的味道,那股浓烈的金属味道,几乎让空气都凝固了。

无论怎样回避,我都会不断回想当时的情景。

踮着脚尖经过沉睡中的食人怪。

嘿嘿嗬哈,我闻到了血的味道。

不不不!

一切又开始了。

这样下去对我们来说是没用的。写了这么多,我一直都很平静。我已经告诉过你整个故事。我从未饶恕过自己。我已经说出了真相。我早期写下的笔记也证明我不是蠢货或骗子。我已经尽力了。但还有一些关于血囚房的事，关于这一切究竟是如何发生的事。

接近血囚房最好的方式就是——换一个角度来看它。曾经住在这里的不是疯子，甚至都不是人，而是某种试图去了解人类的东西。

或许，如果你将发生在这里的一切的始作俑者看作是一台机器的话，一切就更加说得通了。

博士随后告诉我，有一类发条机器人种族，他们将人类视为一种劣质零配件的来源[1]。他还告诉我，有一种银盔甲生物，他们将身穿着自己的人类看作是一种劣质的启动装置[2]。博士还说，他的这些故事听起来就像是童话，说给表现不好的孩子听的童话。

牢房被玷污了。

整座监狱都被玷污了。

守卫的尸体被扔下是有原因的，因为他们已经没什么用了。血囚房的占有者很乐意见到他们的尸体被狱警清扫干净。它只对

---

1. 出自《神秘博士》新版剧集第二季第四集《壁炉女孩》。
2. 指赛博人。

犯人有兴趣。

幸存者是一种很奇怪的东西。就在几页之前的日记中，我还为顺利进入第7层而成功逃离监狱的犯人感到欣喜，但很快就因为第7层的爆炸而变得悲痛欲绝。随后，我又因为他们从爆炸中幸存下来而感到高兴。

有超过一百名犯人被留在了监狱。起初，我因为他们被抛下而感到遗憾，接着又为他们感到庆幸，随后又为他们的前途未卜而深感担忧。而现在一切都太迟了，他们全都来到了这里，对他们进行处理的地方。我的又一次失败。

每当有犯人被送到监狱，他们就被纳入了这套体系。这是传统仪式，以便让他们清楚在这里只有我们说了算。我们拿走他们的衣服，夺走他们的私人财物。然后给他们换上囚服，编一个号码，对他们进行记录、存档以及分类。

同样的事也在血囚房里上演。剩下的犯人都在这里被处理。

"处理"其实是一个挺好的词。记录、存档、分类，以及纳入体系内，这些是比较理性的说法。但它们更多是用来描述物品或衣物的，而不适合用来描述一具具尸体。

每个犯人的身体大部分都被取走了。然后……然后堆放了起来。

但愿你没有洁癖,反正我是有的。所以对此我就不赘述了,除非以后再有必要。

这可不是给淘气孩子听的童话故事。

牢房里还有另外三个生物。本特利看上去似乎还好,克拉拉则被吓坏了,另外还有那头怪物。

这就是我们此前曾经遇到过两次的那头怪物。攻击拉夫卡迪欧的怪物。在第6层追击我们的怪物。但现在它的体型要比之前大得多了。

它和一个狱警机器人差不多,但同样也可以以此方式描述玛丽安,她不过也是一个狱警,因为她的轮椅就是用狱警做的。但那个怪物是一个体型硕大的狱警,此前它身上曾覆盖了一层塑料薄膜,如今大部分薄膜已经消失不见,剩下的薄膜就像是屠夫围裙上的污渍。

这个狱警长大了不少,它从其他狱警身上偷来部件,然后用来增大自己的体积,使自己看上去显得无比庞大。可它并没有在狱警身边停下来。

一开始,怪物并没有认出我们,只是在各种无法描述的堆砌物中穿行、寻找,把需要的零件装到自己身上,丢弃不需要的部分。

"真令人反胃,不是吗?"克拉拉说道。

"克拉拉,"博士虚弱地挥着手,"你还好吗?"

"还好。"她说。

可她显然并不好。她被绑在一条肮脏得令人生畏的长凳上,看上去一副吓坏了的模样。"这么久它都没注意到我们。你呢?现在找了一台机器保姆来扛你走了?没开玩笑吧?就因为你脚趾头受伤了吗?"

博士在狱警的手臂里扭动着身子,"说实话,是因为我脚中弹了。"

"同一只脚吗?"克拉拉发出同情的啧啧声,尽量让自己显得轻松,而不是惊恐,"够背的。"

博士没有回答她。他正在检视整座牢房,想理出点头绪。巨大的怪物,一堆堆分类清晰的物件。克拉拉和本特利各自所在的长凳离地面有一定的距离,离一个臭气熏天的沟渠盖不远。

我走向克拉拉,怪物并没有想要阻止我。

"我很抱歉。"我对她说,"让你看到了这些。"

"没关系。"克拉拉说,"我想我的大脑在看了一眼之后就自动关机了。可能还要过上一阵子,我才敢做梦吧。"

"我完全不知道这东西在这儿。"我向她保证,"我是说,真的,完全不知情。"

克拉拉笑了,在这牢房里显得格外可怕,"监狱里有间屠宰场,你竟然不知道?看来你还真是个失败的典狱长。"

我点点头,"我不想和你争论。"然后向博士的方向看去,

"博士准备怎么做？"

"他会有所行动的。"克拉拉说，"但愿如此。"

博士继续躺在狱警的手臂里，四处打量着牢房，思索着。

本特利也醒了过来，同样盯着博士。"快点！"她喊道，"快把我们弄出去！"

博士摇摇头，"我得先想出怎么个救法。"

"我告诉你怎么救！"本特利大声嚷嚷道，"别在那儿光顾着想了。直接行动！快点儿啊！"

博士的头扭向一侧，想要看看牢房里的其他角落，接着他向扛着自己的狱警示意并低声说道："跑起来！"只见狱警滑向本特利，将博士带到她面前。

本特利正在大声喊叫，惊骇和恐慌已经让她变得歇斯底里。在纷乱与狂躁的影响下，本特利坚持认为，博士应该为监狱里的一切事端负总责，无论是守卫们的死、第7层和母星系上所发生的一切、肆虐的瘟疫，还是监狱系统的逐渐崩坏。

"这些事之所以会发生，"她开始喋喋不休，"就是因为你不肯采取正确的行动，也没人愿意行动。"

博士已经来到本特利面前。狱警手臂里的博士与本特利的脸齐高。

"告诉我一件事。"博士说，"为什么这头怪物让你活了下来？它不再需要其他守卫，甚至也不需要可怜的拉夫卡迪欧了，因为他们都是无辜的。可它留下了你的命，不是吗？"

本特利对他怒目而视，脸上写满了沉默的愤怒。

"你想让我做点什么，对吧？"博士全神贯注地盯着本特利，"那我就告诉你吧，我已经想出法子来了。知道在这座监狱里待着有哪些好处吗？那就是无须再去做艰难的抉择。曾经有那么一段不长的时间，监狱里十分平静。过去的上千年里，我每天醒来后都会思考自己是不是本可以做得更好。但在过去几周时间里，我已经无须再进行这样的思考了。唯一需要的担心的，是早餐究竟会有多糟糕。可是，所有愉快的时光总会结束。"博士长长叹了一口气，叹息声仿佛回荡在整间牢房，"那么，让我告诉你吧——我马上就会采取行动了。"

博士拉扯了一下狱警，它便滑行开了。本特利目送着博士离开。

这一幕仍然令人难以忘怀。

博士看着怪物，只见它仍然继续在各种各样的堆放物之间察看。

"我应该管它叫什么？"博士问。

一直扛着博士的狱警开口说话了："它的名字叫法官。"

"真的吗？"博士依旧盯着那头怪物，它滑行到一个档案柜旁，打开抽屉，拿出了一些很骇人的玩意儿，然后挂在自己身上。接着，它关掉抽屉，滑开了。

"法官。"博士重复道，"那它是干吗的？"

"它现在还不清楚。"狱警说完，闭上了嘴，似乎不愿再回答更多的问题。

博士继续打量着法官。"你能说话吗？"他问道，"我很想跟你谈谈。"

法官停了下来，好像已经注意到躺在狱警怀中的博士。

请记住，是本特利要求博士采取行动的，一定要记住这点。从某方面而言，这是她自己种的恶果，所以才给自己招来了不幸。全是她咎由自取。每当回忆起接下来发生的事情，我都是这样认为的。

法官很随意地将手伸向本特利，把她从长凳上拎起来，然后占用了她的声音。

简单来说，它把本特利插在了自己身上。毕竟，它身上还有那么多空余的地方，而且，她的确也很合适，只是稍微挤了那么一点。湿漉漉的触手和卷须缠绕住她，挤压着她。她发出一声惨叫。在一段漫长而可怕的寂静之后，本特利开口对博士说话了：

"我认得你。"它嗓音沙哑，"你比其他人要重要。想和我说话是吗？说吧。"

博士咽了一口口水，"我不知道……"他说道，声音很干涩,"值不值得付出这样的代价,就为了和你说话。"

本特利凝视着他,眼神似乎带着苦涩的嘲讽。"我再重复一遍。"法官通过她的喉咙说,"你想和我说话?"

"你有什么目的?"博士说。

法官暂停了片刻,"我不知道。我的功能让我特别困惑。人们打造我的目的是要制造出一台终极武器,将监狱里剩下的人全部清理干净。"本特利死气沉沉的眉毛耷拉下来,嘲弄地皱了皱眉,"但看上去没什么必要了,如今有的是办法让犯人们去死,我反倒有点多余。这样不对。"本特利张开嘴,努力地想要叹一口气,"这样可不对。"

博士轻轻推了一下他的狱警,然后他们一起滑行到了法官面前。"看来你并不怎么了解人类。有些人特别喜欢斩草除根。"

"你说得没错。"法官承认道,"我对人类了解不足,所以我正在学习。当系统故障将我激活后,我就有了好奇心。我叫法官,评估人类价值的法官。这就是我在做的事情。"

"所以你评估的方式就是把人撕开,然后像戴首饰一样戴在身上?"博士抬起了一边的眉毛,本特利的脸也学着他抬起了眉毛。

"瘟疫正在摧毁母星系。我从母星系取得了调查瘟疫源头的许可。根据囚禁犯人的规定,进行临床试验无须征得犯人同意。"

博士在狱警的怀抱中挣扎着转了个身,挥手指着周围一堆堆摆放整齐而又令人作呕的堆放物,说道:"难道这就是所谓的临床试验?"

法官不为所动,"人们普遍相信,疾病是由罪恶导致的。所以我试图弄清楚这样的说法是否正确。我在他们的身体中搜寻疗法,评估所有有罪的犯人,找到他们的罪恶源头。"说着,它指了指自己身上晃悠着的那些令人毛骨悚然的战利品,"然后戴在身上,这样就能了解他们了。"

博士盯着法官看了很长时间。好几次他都想要开口说些什么,但最终并没有。

"根据我制作的样本来看,"法官继续说道,"人类相互之间会做很多不同的事情,其背后的原因极为复杂而又矛盾重重。做错事的人认为自己在做对的事,抑或是认为自己能帮上忙。还有那些伤害自己所爱之人的人。通过研究犯人所犯的罪恶,我对人类的了解增进了不少。"

"人类真是一种捉摸不透的生物,不是吗?但你没有注意到的是——"博士正准备发表演讲,结果却被法官给抢了先。

"虽说我了解了很多,但仍不够。我必须完全了解透彻才行。"

"它的意思是指我们吗?"我悄悄地对博士说。

"哦,如果是那样就好了。"博士咕哝道,"它不仅仅树立了一个生命目标，它还要发动一场圣战。"

法官弯下腰，看着博士。本特利的头笨拙地向前垂下，咧开嘴，露出阴森的笑容。

"我对你很感兴趣。"怪物告诉博士，"你发现了自己的弱点。你将自己的性能增强放大，融入了那台机器当中，正如我为自己吸收了那么多东西一样。你明白的。"

博士想开口说他并不明白，但又一次被法官抢了先。

"我必须完成自己的研究，也需要扩大自己的样本范围。为此，我认为自己必须离开这里，而你务必助我一臂之力。"说完，法官向后靠去，指着克拉拉，"否则，"它说，"我就不得不评估一下这副身躯里的灵魂了。"

"你不能那样！"博士大声吼道，"她只是个局外人，是无辜的！"

"的确。"本特利的头抬起，露出可怕的微笑，"她刚好能提供有用的对比。从哪儿下手比较好呢？"

博士在狱警的怀里疯狂地扭动。而我对此感到彻底的无力。

被裹在触手网中的本特利的身体会时不时地剧烈摆动，我怀疑她并没有真正死亡。但愿如此。尽管我一直以来都不怎么喜欢她，她还是不应落得如此下场。

博士扭过头看着我，"典狱长……"他的声音无比低沉，有如冷风吹过。"这就是你们的人性。"说着，他艰难地对着牢房指了一圈。"我都不知道自己这么努力到底是为什么？贫穷？疾病？还是清理房间？嗨，我才懒得管呢！但是说到同类之间的残暴行径，设计毫无必要的复杂武器，天啊，你们可是一把好手。结果呢，就是这样一个怪诞不经的噩梦……只有人类才会蠢得如此不可救药。"

"可这……这并不是我的错！"我反驳道，但博士已经在用讽刺的语气重复我的话了。

"不是他的错！哈！"说着，他狠狠指向法官，"听见没有，法官？不是他的错！"

法官弯腰看着克拉拉，那双原本不属于它的双手抓起了尖刀和手术刀。

博士在钳制住他的机器人怀里奋力挣扎着。"你知道吗，克拉拉？我撒谎了。我特别怕你死掉，是我的错。"他说，声音是那么的轻柔，"因为我就是个蠢货，我以为这群人值得被拯救。但并不是的，只有人类才能建出如此可憎的地方。"他对着法官点点头，"恕我冒犯，但你的确让人厌恶。在这样一座充斥着致命陷阱的监狱里，他们竟然还画蛇添足地设置了你这样的备用系统，而你聪明到可以推测出自己不可能仅仅只是一个多余的武器。天哪，你的目的竟然是寻找生命的意义？那你找到了吗？"

正准备检查克拉拉的法官停了下来，斜眼看着博士，"必须做出审判了。"

"说得没错。"博士慢悠悠地鼓起了掌,"你活像是个古老的埃及神,用血肉来掂量有罪的灵魂,但你仍然不知道答案。所以你就准备将魔爪伸向星际,而原因就是你找—不—到—意—义。"博士将最后几个字加重音调说了出来,"而我是绝不会让你得逞的。"

没有一个人说话。最终,法官率先动了。本特利懒洋洋地张开了嘴:"我必须了解清楚。"

"没必要,你真的没必要。"博士听上去既苍老又疲惫,"真不值得你这么做,法官。你太蠢了,我也太蠢了,可人类——他们才是最蠢的。"

我很想和他争论,可是这间牢房、法官,以及克拉拉脸上的恐惧……这一切都阻止了我。

"你只不过是一群白痴臆想出的畸形怪物而已!"博士厉声道。

"我不是怪物。"法官通过本特利空洞的嘴巴断然回复道,"我只想成为一个更和谐的生命。"

博士朝着牢房角落里的堆放物挥着手,"那你学到什么了吗?"

"我学到了不少。"法官俯瞰着博士,"我学到了罪恶会让人颓丧。如果我现在将你开膛破肚,就能知道你到底做了哪些恶。"

"相信我。"博士语气冷酷,"你知道了会后悔的。"

"再给你最后一次机会。"法官说着,手又离克拉拉近了一分。每次说话的时候,本特利都会发出吧唧吧唧的声音。我真希望她能别那样做。"否则,我就先肢解了你朋友,然后再肢解了你。"

"她有名字的,知道吗?"博士叹了口气。

"名字很重要吗?我倒蛮想了解一下。"本特利的头突然转向博士,空洞无物,嘴巴大张。

我向前迈了一步。"我。"我说着,竟被自己的声音吓到了,"审判我吧。"

法官扭过身,将本特利无神的眼光投到我身上。太奇怪了,我忽地意识到这是本特利真正意义上第一次看着我。她以前到底是有多恨我啊?

"你在我的调查范围之外。"它遗憾地宣布,"你是当局的人,我的程序不允许我检测当局的人,当局的人是不容置疑的。"

博士笑出了声,"你总算要做件高尚的事了,典狱长。"他说,"但没想到你母星系上的朋友竟然会阻止你的高尚之举。你们的体系果真是腐败到了骨子里。"

"交给我就好了。"我说。

博士耸耸肩,"现在有点为时已晚了。"他说,"唯一能解决这一切问题的办法非常可怕。我真心不愿意那样做。"

博士又耸了下肩,从狱警的怀中溜了出来,站在了睡眠中的玛丽安身旁。

我感到心底传来一股凉意。

没过多久,玛丽安便醒了过来。阿巴茜降低了供应给她的药量。她抽搐了一下,剩下的唯一一片眼睑上下扑动,口中发出一阵痛苦的呻吟。

法官不再关注克拉拉,而是迈步走到玛丽安面前,停下了脚步。

"你认识她,是吗?"博士转身面对法官,"在第6层的时候,你饶了她一命。你带走了所有人,唯独留下了她。记得吗?"

"我……记得……"法官不情愿地承认道。

"你也记得,对吧,玛丽安?"博士语气温和地说道。

玛丽安猛地挺起身,一副可怜巴巴的模样啜泣着。"它本可以让我……不再受折磨。我跟着它……我恳求它……可它却对我置之不理。"

"不光如此,它直接一走了之了。"博士说着,转向法官,"为什么?"

法官没有回答。

"我就知道你会逃避这个问题。"博士点点头,"我也清楚,这就是你会跟我说话的原因。你以为我和那个狱警融为一体了,而且你之所以放过玛丽安,是因为你觉得和她有一种血缘之亲,对吧?她基本上算是狱警和人类的混合体了,所以你看到她后便放过了她,因为你就想变成她的状态。"

"她是极其完美的和谐生命。"法官高声说。

接着传来了一阵噪音。那是我再也不想听见的可怕声音。那是玛丽安·格洛伯斯的笑声。

博士一瘸一拐地走向法官,然后停住。"她是完美的和谐生命?好吧,那你呢,法官?审判一下你自己如何?告诉我你到底有多么和谐。"

对于博士的要求,法官思考了片刻。有那么一瞬间,我多希望一切就这样结束:法官四分五裂,只散落下一地的罪恶。

然而,法官只是发出一阵声音,一把举起博士拉到自己面前。触手犹如毒蛇从它身体中爬出缠住了博士,准备将他扯个稀巴烂。

"和谐?"刺耳的反问在牢房里回响。

玛丽安的椅子动起来,只见她朝着法官的方向挪过去,面部已被极度的愤怒所扭曲。"你想知道和谐是怎样的感觉吗?"

法官向后退了一步,仍然紧紧地拽着博士,"你就是一个典范。"

玛丽安继续向前滑行，脑袋左摇右晃。"我是一个决策者，做出重大的决定是我的工作。所以人们恨我。本特利也恨我，因为她失去了居住在殖民星球上的所有家人。所以她才会告诉我怎样越狱，而那只不过是她设下的圈套。她让我变成这副模样，就是为了复仇。"说着，她用一条假肢指了指自己的身体，"她认为我罪有应得，这是正义。当死神来临之际，我总算感受到了一丝轻松。但他们却不愿让我去死。"

她现在移动得越来越快了。不断地滑行，离法官越来越近。我听到了一阵呜咽。法官故意避开、退让，被它牢牢困住的博士则在剧烈地挣扎。

玛丽安的声音变得格外响亮，不再是那种痛楚的嗓音，而是充斥着暴怒的声音。"是本特利把我害成这样，但她也很高兴能见到我幸存下来，不过这只是开始。后来，她也受不了了。监狱根本没人有胆量让我去死，甚至包括典狱长在内。"

"玛丽安——"我抗议道。

"他根本没有勇气做这样的事。"她的语气几乎很温柔，"也许在这里唯一有胆量这样做的人就只有博士了，但他绝不会承认的，因为他是个英雄。"

博士沉默无言，只是在法官紧紧缠住他的触手中挣扎着。我不得不承认，他这副模样并没有显得多么英雄。随后法官将他扔到一旁——他重重地摔在一堆破碎的囚服上，看上去更狼狈了。

玛丽安仍然在血囚房的地面上滑行，呜咽越来越响。法官再次向后移动，接着停下脚步，站在一堵湿漉漉的墙边。此时，牢房里已经没有多少退让空间了，而玛丽安却依旧在不停地向前移动着。她唯一剩下的那只手里有件东西在闪光。

我转向阿巴茜，大声叫喊道："快拦住她，想办法拦住她！"

阿巴茜举起枪，对着玛丽安的轮椅基座连续射击。按道理说，这足以让她停下来，可根本没有什么反应。

就在这时，阿巴茜才发现，她的枪配备的电源组早已不见了踪影。

我全身冰凉。

"玛丽安！"我大声叫道，"停下来！求你了！"

玛丽安的轮椅转了个方向，面对着我。"典狱长，"她说，"你要记住，这些都只是些小人物，他们无足轻重。"随后，她开始向法官逼近，呜咽愈发尖锐。

"来啊！"她怒吼道，"我就是你要的答案！审判我，审判我吧！我有罪！"

法官胆怯地往后退去，如此庞大的身躯竟然被瘦小疲惫又残缺不全的玛丽安吓得畏畏缩缩。

我记得，我首先叫出了她的名字。

又或者，是电源组先爆炸了。

也许是玛丽安的嘶吼。

或者是本特利所剩无几的身躯发出的声音。

但当爆炸尘埃落定后,平静重新降临监狱。

14

博士在烹制晚餐。

"我家里还有千层面呢。"克拉拉抗议道。

"我才不管。"博士说,"我做的千层面更好吃。"

"你管你做的那个叫千层面?"克拉拉露出一副半信半疑的模样。

博士仔细地察看着炖锅,"至少还是有变成正常千层面的潜力的。"

我坐在食堂里的一张桌子边,并不想吃东西。

爆炸之后,我们全都幸存了下来。如今,我们是监狱里所剩无几的尚能正常行动的人。所有狱警都关机了,而法官也只剩一堆恶心的残留物,大部分是金属,没有人愿意靠近。

阿巴茜对于自己能够幸存下来感到异常讶异。博士跛着腿走向她。令人惊讶的是,他竟然掐了一下她的脸颊,而她也回掐了他一下。"我早告诉过你,"博士对她说,"开枪越少,就越有机会活下来。"

"你的确说过。"阿巴茜承认道,"但是……有些本能是很难控制得了的。"

"可不是嘛。"博士往后退了一步,"无论人类有多少缺点,我都无法放弃对你们的爱。"

说完,阿巴茜做了一件极为不同寻常的事——她笑了。

那之后所发生的事,你肯定不会想要知道。原来,诸如监狱系统的稳定,部分生命维持系统的维护,以及重新获得对防护阵列的控制等大事,都不过只是相对枯燥的程序而已。只需一点点时间,一切就都妥当了。真的没什么可说的。

最终,博士,这个曾经是428号犯人的男人,从他一直忙于修复的控制面板下方站起来,揉着自己的眼睛。"好了,我有点饿了。"他说着,跛着脚走开了。

阿巴茜没有加入我们的晚餐,她正忙着重新接通互通网,因为她急于想要看到网络那头的人脸上会是怎样的表情,特别是当她告诉他们如今监狱已经落入203号犯人的掌控中之后。作为一名逍遥法外的雇佣兵少校,阿巴茜现在只需动动手指就能调取监狱里的所有文件。

因此,吃晚餐的人就只有博士、我和克拉拉。

"我不饿。"我坚称。

"我可管不着。"博士一边说,一边切着蔬菜,"这跟你无关。晚餐本身就在我的任务清单上。上面写着'做点跟食物有关的事',所以我就下厨了。"

"噢。"克拉拉叹了口气,"果不其然,又是你的那些清单。"她想要在博士的炖锅里舀一勺,但博士把她的手拍开了。"等等。"他说,"先别急。"

"你知道自己在做什么菜吗?"

博士只是耸耸肩,继续忙活着。

桌上的花盆里有一株玫瑰,暂时还是花骨朵,但用不了多久就会绽放了。

我如今仍然不清楚那顿晚餐到底吃的是啥,但味道的确不赖。最开始,我只是尝了一点点,然后就吃了个碗底朝天,接着又盛了一碗。

克拉拉满怀期待地看着我,"是因为有红辣椒吧?我让他放的。"

"没错。"博士嘟囔道,"我本来打算放来着。"

"当然。"克拉拉说着,抿嘴一笑,然后朝我眨了眨眼。

博士把他的碗推到一边。"是时候上甜点了。"他说道。

"可我实在是太撑了!"我坚持道。

"哦,我说的不是布丁,而是决定。你要做的决定就是甜点。"

克拉拉皱了皱鼻子。我感觉晚餐似乎开始在胃里闹腾了。

"什么？"我说。

"这个嘛……"博士仔细观察着手里的叉子，翻来覆去地数着上头的尖叉，"母星系上的政府已经开始分崩离析了，局面一团糟，所以，人们想要你回去。"

"我做不到。"我说，"我已经没有资格了——"

"哦，我知道你不愿意。"博士冷冷地说，"但是母星系的人认为你有资格。他们早已把你当年做的蠢事抛到了脑后。他们唯一记得的，就是你比新政府要好——好那么一点吧。而且你也很走运——"他说着，指着食堂的四周，"因为持不同看法的人基本上都不存在了。"

"我……没有……"

"别说了。"博士用叉子指着我受伤的肩膀。我连忙闭上了嘴。"我反正不管。我也不是到处把人扶上王位的人。他们认为你是收拾这场乱局最优秀的人选。此外，他们准备将你奉为英雄。"

回想起自己曾经做过的事，所有发生的事，所有我应负责的事，所有我不应负责的事情，我不禁一阵不舒服。但我又是多么怀念有权有势时的一切。我多么怀念海伦。我多么怀念曾经的幸福。

"我不知道该说些什么。"我十分坦诚地对博士说。

博士向后靠去，双臂抱胸，"你自己决定吧。"他说。

克拉拉此时开口了:"你也可以不去,知道吗?"她友善地冲我笑着,"我们可以把你带到一个全新的地方,你也永远不用再回来了。你不必急于现在就做出决定,慢慢来吧。我们得洗碗了——博士洗碗慢得要死,你肯定不相信他有多拖沓。"

于是,他们起身走进厨房,还为怎样才是正确的洗碗方式拌了一小会儿嘴。真是荒唐,竟然要去洗再也不会用第二次的碗。但是,博士也的确说过,有些事情一定都要办妥当才行。

我坐在桌旁,思考着他们刚才的话。我看了看食堂四壁,墙的颜色中规中矩。我又看了看那朵玫瑰,将手放在博士用烧焦的书架做成的长凳上,感觉凉凉的。

"怎么样?"博士回来了,站在我身旁,手里拿着一条擦拭茶具的抹布,上面莫名其妙地装饰着旧地球上的大教堂图案。

"什么怎么样?"我说。

"你是怎么想的,典狱长?"428号犯人问道,"做好决定了吗?"

我开始将整个故事记录下来,完成我一直以来都在记录的日志,然后将它通读一遍,尽可能地确保其内容的详实与公开,以便无论我做出怎样的选择,都能让阅读它的人了解到真相。我只是想让人们知道真相,仅此而已。

我曾说过,典狱长这份工作可以让人学到一点,那就是:一个人的话语无法告诉你他是怎样一个人,相反,告诉你一切的往往是他的沉默。

当我全部想清楚之后,我什么都没有说。

但我已经完成了我的日志,而博士和克拉拉仍然在等待我的回答。

因为是时候做出我的决定了。